天空給我的飛行里數

———

Ting Ting Lo

天空給我的飛行里數。

Ting Ting Lo

REMOVE BEFORE FLIGHT

目錄

她是一位會飛的詩人

蔡益懷

　　Ting Ting 是民航機師，同時也是一個詩人，一位會飛的詩人。

　　這是我讀這部飛行手記的最大感受。從中，我看到一個飛行員的人生歷程，也看到築夢者的天性。沒有築夢精神的人，大概都飛不起來；同樣，不做夢的人，也成不了詩人。大概正是這樣一種特質，讓她飛起來了，而且飛得很高很遠，她既飛翔在自然的天宇上，也遨遊在一種精神的時空中。天空給了她高度與廣度，讓她以超凡的視角觀看大地；現實的歷練又給了她深度與厚度，讓她有別樣的生命體驗與識見，於是一部有品質的作品也就呈現在我們面前。

這部人生傳記記錄了作者的築夢歷程，同時也定格了成長季節的生命風景、自我修行的思想紋路。我們可以看到一個女子歷經挫折而又堅毅不拔的奮進軌跡。她有一個「硬得像化石一樣」的夢，並為築夢展開五年、十年的長跑，耐力與韌力都遠非常人可及。事業遭遇「瓶頸」停滯不前，她能學會與低潮並存，「不被自我扼殺」。在夢想與現實、事業與婚姻家庭的拉扯之中，她毅然選擇「出發」，而這一別既是一次自我修煉之旅，也是一次完美的轉身與蛻變。這段人生故事的內容與起承轉合都在書頁中，不用我在這裡轉述。在此，我只是想説，從她的身上，我看到了一種鷹的品格。

相信很多人都聽説過鷹的習性，獨行的天之驕子，從不與麻雀之類的小鳥為伍，喜歡風暴，且總是在別的鳥類匆忙躲避時，迎風而上，穿越雲層，翱翔在蔚藍天際；牠的視力特別銳利，總是專注地盯住目標，不管遇到甚麼障礙都不會轉移。鷹飛得自由自在，好像有著超然的王者風範，而事實上這只是牠的一個生命面相。牠活得並不安逸，一生充滿挫折。年幼時，巢中的羽毛和軟草會被老鷹除去，牠們無法忍受刺痛，只得早早飛離舒適的巢穴；年老時羽毛變脆，喙也變得彎曲，牠會藏身在懸崖間，拔去身上所有的羽毛，待長出新的羽毛，來一次徹底的蛻變，自我重生。

從不放棄，又自我蛻變，這就是鷹。我想，會飛的人大概都是鷹變的。在 Ting Ting 的書中，我看到了同樣的性格基因。她投考航空公司的挫折，以及在蒙克頓做飛行教練時的點滴故事，都印證了這樣一種生命情態。

我一向認為，世上的人可分為兩個大類，一種是匍匐在地上的，滿足於循規蹈矩地走路搵食；另一種則會仰望天空，做飛翔的夢，努力突破局限、改變現狀。好像麻雀與鷹，物各有主，各安天分，什麼樣的生存形態都有存在的因由，不必說長道短。不過，正如 Ting Ting 所言，「看過高空的風景，誰會甘願站在地面」，高度決定境界，有境界則自有寬廣的人生疆域。

正是有著這樣的「偏執」，才有誰也攔不住的心，有「奮不顧身的天真」。她嫌地面太紛擾，認為天空才是最好的去處，於是用 35 英呎的翼展去丈量大地的寬度。她說，「人類逆著天意也要飛翔，在尋路的過程，依然以信仰為明燈。」看到這樣的文字，你自然會懂得她的志向，她的目標，以及她的詩心。

她在天空中飛翔，也是在「接受宇宙大愛的洗禮」。在萬呎高空上，她「感受毫無負擔的輕盈」；在世間塵埃到不了的高度，她感受「天」的純淨與深邃。同時，她又知道，「天空是很夢幻的」，若掌控不好，會是「最現實又

脫序的地方」。天空，是她施展本領的空間，也是她自我修煉的道場。飛行給了她宇宙人生的啟迪，更難得的是，讓她獲得更有價值的修為，懂得敬畏與謙卑。

一個接近星空的人，自有超越塵世的眼界和心性。

正是這樣的天空視角，給了她得天獨厚的優勢，使她能夠講出別具意蘊的人生故事。這本書不是簡單的機師手記，而是空中遊歷的人生感悟錄。如果我們不執著於詩的形式，完全可以說這是一首不分行的長詩。此曲只應天上有，其心靈境界與浪漫情懷，遠非許許多多地上的詩人所能企及。

有夢，才飛得起來，也才聽得到天籟之音。

作為一個機師，她以天空為幕布留下一道不斷延長的姿影；而作為一個詩人，她對天空以及人生作出了別具洞識的解讀與詮釋。

感謝機長，帶給我們如此特別的飛行體驗。

5/2/2022

序

史丹

加入了航空界已經十幾年，飛機師的生涯有甜有苦，由二副做到機長，十幾年來學了很多東西，除了飛行上的技巧和知識外，另一樣史丹學習中的就是怎樣去欣賞別人，不要胡亂單憑工作去判斷別人的能力。有時在駕駛艙內看到別人飛行表現上有參差，有些人很厲害，有些人要多加提點，很容易用了別人的工作表現去判定對方的能力。但當一起坐在駕駛艙內多個小時，傾談著大家的故事後，發覺飛行表現只是人生很少很少的部份，再聽聽不同人為了飛行夢、家人、理想所説的故事：當中有很多很感人的經歷，聽過有人窮盡青春和精力去完成夢想，有人竭力為重病家人尋找治療的方案，有人放棄工作去傳揚真理。在細小的駕駛室裡，聽到非常多偉大的故事，很欣賞

和佩服對方有這麼驚人的能耐和毅力，不同的人生編織著不同的故事。Ting Ting 是史丹的同事，雖然年資比史丹短，但她為飛行理想所經歷和付出的心力，卻比無數人多幾十倍。書中提及她加入航空公司前，做飛行教練的那段故事，文筆優雅又能感受到她的堅持，在顛沛流離的故事裡，給讀者了解在鎂光燈背後，飛機師辛酸又勵志的故事，不知道大家會否有所共鳴呢？

出發

心之所向若還在同一個階段或情狀，就很難以流年的輪轉去換算渡過。那一季，從蒙克頓心灰意冷地回家，到手的工作機會因金融危機而溜走。這一過，日曆又翻了好幾篇。晝想夜夢的這些年，每天心都掛著，有追尋、有實踐，但都搆不著邊。好像只有彼岸，才有陽光燦爛，也不知道是否真有花開，這樣的匱乏感，對身邊每一個人都不公平，對自己也不公平。

　　畢業後的飛行員如同一顆電池，電力隨著沒飛的日子慢慢消耗，執照會過期、資格會失效、體檢報告有時限、信心會被消磨殆盡。一探聽到哪間航空公司招考，就會飛撲去另一個國家補幾個飛行小時數，前往另一個城市考取一張執照，花一整個月的薪水只租了兩小時的模擬機，積蓄和毅力成為一路上最昂貴的燃料，不斷加進那燒得還剩那麼一點餘燼的希望。一而再又再而三的死灰復燃，只為了符合一個報名的資格，或是為了獲得一個面試的機會，甚至僅僅是一個回音，把履歷投到全世界，到不同城市去找憧憬，而得到的回覆是一次又一次的抱歉，多數的自訓飛行員，成了一畢業就失業的流浪機師，那個夢，硬得和化石一樣。

　　航空公司喜愛錄取兩種候選人，一是低小時數甚至沒有執照的候選人，少了固有壞習慣的白紙，以從頭培訓起。第二種是飛行小時數過千，已經很有經驗的飛行

員。像我這樣有執照，但沒有飛行時數經驗的，在航空公司看來，是一個卡在中間不上不下的位置，也是大部分自訓飛行員最尷尬的階段。

　　一個地區的航空公司屈指可數，有開放招聘的航空公司更是寥寥無幾，符合報考資格的更是不可多得。我只是在茫茫人海的候選人中，拎著幾張執照和幾百個飛行時數，與退役空軍或飛行小時數過千過萬的噴射機飛行員一起競爭，錄取的卻只有幾個。

　　甄選時，各階段的面試和考核，通常在航空公司總部，機場附近一片荒蕪。每次自知表現未達水準，或結果已成定局，拖著蹣跚的步伐走出總部，想找也找不到可以暫時借著熱鬧煩囂以逃避或麻痺的空間。一年只能報考一次，不知道何時不再開放報名，或是甚麼原因被列入永不錄用的名單內，每次報考都當作最後一次機會，然後在收到不被錄取通知後，一次又一次的潰散崩壞，發抖一個人拿著信一看再看，沉浸在虐心的自我懲罰中，然後把信撕得粉碎丟到垃圾桶裡。只是信紙撕得再怎麼碎，都不會有心那麼碎。也就是這樣周而復始的循環，一個個自訓機師慢慢磨出超乎常人的受挫力，挫折後還能不扭曲與自我對峙的方式，往裡琢、向內磨，前提是願意忍痛。在一次又一次的求職落空後，學習把自己拖回原點，然後讓困惑勾勒出更明顯的輪廓。

這些年，愈急躁就愈踉蹌，有幾個階段身兼數個崗位，只為了給自己一個不要太頹廢的交代。其中在 737 模擬機裡大約三年的時間，結交很多一樣是自訓機師的同路人，大家相互分享資訊，彼此鼓勵和取暖。模擬機裡只有四個座位，卻可以一次擠上六、七個人，躲在那個潘朵拉的玩具盒子裡，共築一個與民航機更靠近一點的假象，在場的每一位模擬機教練，對天空都有一份單純的惦記。

離開了模擬機後，在香港飛行總會任職，有機會接觸到直昇機。那是個比定翼機還複雜許多的飛行器，小小的香港空域，也因為直昇機而延展出更多的張力，把直昇機飛至獅子山下香港人的共同記憶：啟德機場，那永不褪色的世界之光。是何德何能何其幸運，可以在 1500 英呎的低空，用直昇機和賽斯納小飛機穿梭在維多利亞港之間，在國際金融重鎮上呼嘯而過。生活腳步總是匆促的香港，騰至半空就可以把步調放緩。在辦公室坐厭了，出去在炎炎夏日下把直昇機的門拆掉，飛去剛退潮的海岸線，在半空中光著腳吹著風。是真心喜歡這份工作，因為離天空好近，即便在每個雨後的週末早晨，要在軍用機場檢查跑道，右手拿著不鏽鋼鉗子，左手拿著大型垃圾袋，彎著腰把一條條匍匐在 6000 多英呎長的跑道上的肥美蚯蚓夾進垃圾袋裡，在眾多小飛機起飛之

前清理跑道，以免鳥兒前來覓食，降低發生鳥擊的可能。蚯蚓肥厚的身軀不斷蠕動著，吐出螢光黃綠色的黏液，沾染在黑色的垃圾袋上。

輾轉我到了航空公司做飛行計劃的崗位，為了讓 flight operation control officer 和機師有更多的溝通和了解，有一個環節要坐在駕駛艙跟飛一班機。進入機艙那瞬間，想著一開始進飛行學院到數年後的此刻，朝思暮想有朝一日坐進客機駕駛艙，心頭忽然一熱。在前往日本福岡途中，和副機長 Andy 的閒聊中得知公司有意開二副機師的培訓，他剛好是籌備負責人之一，他鼓勵我去考航空運輸機師筆試以符合報考資格，於是我立刻開始了一邊工作一邊準備考試的日子，一個月後前往美國邁阿密考試。完成筆試和模擬機後，馬上和 Andy 聯絡，希望趕得及回香港的面試。之後的面試報考過程很順利，不過最終公司二副機師的課程因為太多內部因素胎死腹中，希望又一次的落空。

外邊一直有聲音，說我其實不用憂心生活，之前飛過、試過、開心過就好，女人終究要回歸家庭。說白了即是男兒出門奮鬥就是天經地義，女性在外打拼就是多餘。我由衷感謝這些雜音，它讓我更清楚自己想要的是甚麼。

自問沒有太多的耐性，不喜歡懸而未決的事情，

想不到最懸而未決的，居然是自己這麼多年來想要飛的理想，而為了這樣的心情，更付出最大的固執。在馬爾地夫有一間飛行學院，邀請我去當教練，但仔細考量後還是回加拿大母校，倚偎在大西洋旁天寒地凍的蒙克頓從事教練的工作。

時間很快來到可以再進駕駛艙的日子，我問 Andy 可以跟他的班機嗎？其實是想要一個可以稍微為我的決定，給予哪怕只是一點點肯定的聲音。肯定的聲音並不多。第二班機從韓國釜山回來，入境後 Andy 在行李輸送帶旁告訴我：「去呀！其實好少人係咁，個 goal 好清晰。」這幾個字一直盤在我的腦中，帶有一股很大的力量。

有人指路還不走，等於向一地難勘和無可辯駁的情狀認輸，那要如何對得起自己這份多年的不甘心？相較之下，撒手出發其實是容易的，因為前面好像有路，因為那已無關乎討好他人眼光，因為想再給自己一次機會。

做了前往加拿大當教練的決定，家人擔憂但不干預，問候但不插手，他們給我空間和時間，不拉扯也不逼迫。他們沒有要我解釋之後的規劃，可能他們和我一樣明白，我還要和自己打很多次仗。

還記得結婚一週年紀念日，我送給賽門他一直想要的手錶，他送給我一架很醜的菜籃車，很顯然我們對彼

此都有期許。那次之後，生活有兩個選擇在眼前展開，一個是拖著這架極醜無比的菜籃車穿梭在蔬果菜肉間，另一個是拖著黑色飛行箱穿梭在各大國際機場。

在結婚第四週年的凌晨四點，我忽然乍醒，賽門提出離婚，說他這些年受夠了。他不停想要呵護在籠子裡的小鳥兒，但這鳥兒總是想往外飛。當時天還沒亮，我異常平靜，要出發的心也異常篤定。出發前的幾個晚上，賽門在練吉他，練《愛我別走》這首歌，而我則被之後要準備的、要計劃的東西佔滿了所有思緒，渾然忘卻他是真的在練習旋律，還是想憑歌寄意。

看過高空的風景，誰會甘願站在地面？很多領域和工作，都是在踏進去後，原本的熱情輸給了想像的落差。飛行員這份職業，是少數在接觸之後，就深深愛上這份工作的。我決定給自己一年半的時間，力求把可以拿到的資格都拿到，為了再給自己一次機會，看看這一次出走可以走到多遠。當然也做好毫無任何收穫回來歸零的心理準備，若拖不成黑色飛行箱，就安安份份回來拖菜籃車；如果拖得到黑色飛行箱，我也會心甘情願回來拖這個菜籃車，完全是一口氣順不順的問題。我給自己一年半的時間，但給不到賽門一個確切的歸期。

帶著無以名狀的未知，和無以負荷的徬徨，去了機場，兩個行囊沒有很重，一個行囊裝著初心，一個行囊

裝著勇氣，兩個都輕飄飄地放上行李輸送帶。即使出發前起跑就位的姿勢不甚漂亮，但心中已堅定要為那個理想低頭彎腰。

在多倫多轉機時，遇到一個熟悉的背影，是培訓我教練執照的殺手教官 Chris，我拖著行李快步追上，告訴他經過這麼久，我現在要再回學院教飛了。Chris 是五個孩子的爸爸，他放棄了在學院優渥的一級考官待遇和安穩的生活，轉職進加拿大航空，追逐他的民航機師夢想。原來，我們兩師徒都是曾經一邊害怕，一邊無懼重新出發。短暫的重聚，我祝他飛行順利，他囑我一切小心。

和教官匆匆重聚，為後來幾個月的生活注入一劑穩穩的強心劑。我輾轉回到蒙克頓飛行學院，航廈還是一樣的味道，秋風掃著一樣的枯葉，機場附近還是一樣的荒蕪。唯一不同的，是機場多建了一條滑行道給民航機使用。這是件天大的事情，所有的全國性飛行資料圖、地圖、航廈圖等出版物，都要重新印刷這條短短的新柏油路。

踏進學院，首先遇到之前兩位老同學，他們都已經是肩負四條槓的一級教官，和執照考官。我們之前差不多同一時期培訓的，現在一位坐在教練培訓教室裡，幫我溫習重新拿回教練資格的考試。另外一位陪我在飛行試前練口條以及重新操作飛機。溫習期間我們講了很多

學飛的往事，也從他們口中得知昔日的同學，哪位已經在航空公司當上機長，哪位在某個本地航空當總教官。而我，此刻抱著最初階的教學簡報，重新拾起小飛機最基本如何平飛、如何轉彎的教學技巧，一時間心理上有很大的失落。我唯有告訴自己，花期不一，每個人的時間表都不同，生命裡遇到的坎，都是還沒修完的課題。只要在自己的時間表裡面穩紮穩打，就是和自己如期依約，"The only wrong move is that you don't move." 無須比較誰居於上位、誰暫時領先，相信每個際遇都在部署來日的譜，順著情節合著節奏，沒有必要跟任何人搶拍。

厚臉皮是塊膠布，可以把傷口包紮得比較好看，然而，要多厚的臉皮，才能無視於自己的落後？要多大的傲然，才能坦然自己的誠惶誠恐？回到熟悉的停機坪，倚著螺旋槳聽風，撫摸著機身，無與倫比的細滑，卻熬得住風吹砂石的啃咬，經得起氣壓氣流的揉擰。

停機坪上，一字排開的 T 字型機尾和絕對優雅的流線型機身，風掠過樹梢的沙沙聲，像是竊語我這陌生人重返天際的啟航。我用最短的時間準備好重新拿回教練資格的考試，用 35 英呎的翼展，丈量著大地的寬度。天氣好的時候去飛，天氣不好的時候也去飛。考試完結馬上就被學院錄用，簽了聘請合約後走出辦公室，有一點點失去方向，要去哪裡好呢？穿過學院，各方傳來「歡

迎我們最新的教練」的聲音，令人有點害羞。我沒有辦法像很多人那樣，一拿到教練資格就大方秀出肩上那三條金光閃閃的槓，咧嘴接受四面八方傳來的恭喜。我只想要一個喘息的空間，安安靜靜消化一下剛才的考試，以及紓緩連續六小時上緊發條的神經。

才剛過下午，時間尚早，我經過簽派處時被攔下：「Hey Ting Ting！恭喜妳成為我們最新的教練！妳有空嗎？想飛嗎？可以幫我們試飛機庫裡剛修好的飛機嗎？」當然好！地面太紛擾時，天空就是最好的去處。之前求之不得的飛行時數，角色一改變之後，這些機會竟落在每個轉彎處，心底不期然有一種很幸運很幸福的感覺。我接過飛行紀錄本，查看飛機之前維修的原因和性能數據，做了簡單的計算和檢查，然後穿過教練休息室，就聽到新同事教練們一陣的喧鬧：「恭喜！看看走進來的是我們最新的教練！」大家起鬨著試飛這種幸運差事，一定要交給我這個新手去做。實際上這差事錢少、事多，沒人想做，他們寧願賴在休息室的沙發上看電視。我跟他們請教要在天空做哪幾個檢驗項目後，就推門朝停機坪走去，耳邊除了有風，機場顯得格外寧靜。

驀然回首，才發覺這些年對飛行的殤和欲，足以翻轉整片天空。

里數 1－750

雪地有一排比貓大、比狗細的腳印，應該是狐狸之類的野生動物剛剛經過，我順著腳印跟了一小段路，果真不遠處有一隻銀狐，尾巴蓬蓬鬆鬆，體態婷婷嫋嫋，眼神嫵媚。即使被機場圍欄困住，沒找到出路，依然渾身散發孤傲氣息，在這十里雪香上優雅依然。

　　夾風帶雪的一道冷鋒過境，冷鋒很乾脆。雲嘯風嘯一個下午便走，不會拖泥帶水，走了便還回一個清澈黃昏。我和學生迫不及待做飛前準備，冰冷機器可以載我們去最有詩情畫意的他方。沒去過的地方，都是詩情畫意的。

　　海鷗啪嚓啪嚓的展翅聲，重低音的震盪，是翼翅該有的聲音，也是機翼永遠也發不出的聲音。人類逆著天意也要飛翔，在尋路的過程依然以信仰為明燈。

　　低空地圖上，每一個被標為小村小鎮並掛上名字的據點，都有一座教堂。教堂通常是那座小鎮最高的建築物。有些小鎮只由幾戶小屋組成，隱在河岸或沒在山谷間，在高空中很難察覺。我喜歡低飛去找每個小地方的信仰中心。以高聳的教堂尖端為中心盤旋，飛得愈近，彷彿能聽到人們虔誠祝禱的喃吟。

　　冬日斜陽沉於丘陵，烘托出丘陵琥珀色的輪廓，雲彩編出織錦，溫潤顏色繪出和煦假象。實際上這是冰晶雲的折射，而沒被折射的則是白色。

白紙一張，沒有受過訓練的學生最容易教導。他們沒有固有的壞習慣，可以短時間吸收並複製教練的方法。教導他們時，我也會更細心，從最基本功調整，如握操縱桿的方式、綁安全帶的方法等。免得學壞手勢，他日改過來便更費時。

　　開始滑行後，必須觀察學生握操縱桿和油門的手勢。手指腹最為敏銳，用三根手指輕扶操縱桿，手心懸空，以手腕用力。這樣比用掌心握實、手臂用力，更易操控。這種傳統操控藝術，遠比自動駕駛精實。大多不理想的飛行數據，都源自過度控制操縱桿。然而，若學生早有飛行經驗，一時間要他們換手勢操控，往往頓時表現失準，如同換個方式握筆，忽然寫不好字了。

　　一手握操縱桿，另一手除了調整無線電頻道、校正高度儀表、檢閱檢查單等等外，空餘時還要長期放在油門上，隨時作出調整。很多學生總不自覺地放開油門，一手攤在大腿上或撑在座椅旁。機械有其脾性，說不準何時油門意外故障，而未被飛行員即時察覺。

　　在教導某些學生時，需要額外心力。通常是從其它

學校或教練轉過來、已有執照的學生。他們會有不同程度的壞習慣，矯正一次、矯正兩次、三次，然後故態復萌，這也沒關係。有些會很固執硬頸，堅持自己那錯得離譜的方法，說以前是這樣學、以前教練這樣教、以前用這個方法考到執照。

遇到固執的學生，有兩個辦法，一是一開始就開門見山：「你跟著我，就請用我的方法，你之前的手勢和習慣，在我這邊不適用。」然而這可能引來對方更強硬的反彈，尤其是年紀稍長的本地人，他們彷彿是難以馴服的野馬，要用更多時間把韁繩套在他們身上。

第二個辦法，是用事實和實力讓他們心服口服，把最看不過去或是有危險的錯誤做法挑出來：「請你們試試我的方法。」多試幾次，試到他們明白何以舊方法行不通。內外兼攻加軟硬兼施之下，把一匹匹桀傲不馴的野馬拖回正途。只要對方信服了一個小地方，其它壞手勢和小缺點就較願意更正了。

白色機翼難以辨別結霜情況，尤其夜晚。若是結冰

便更危險，冰的重量比較重，密度比霜雪高，若是由過冷水滴（supercooled water droplet）散射再結冰，會令機翼弧度容易變形。那近乎透明的冰層在夜晚難被察覺，每隔一段時間，用手電筒向外照一照機翼。若赫然發現那看似純真潔白的結晶體伏貼在翅膀，實是夜空中最奸險惡毒的詛咒，扯下 30% 的升力，加上 40% 阻力的詛咒。

　　風把地上的雪吹起，再一起向前進，雪粉和雪沙描繪出風的路徑。在剛被剷雪車清理乾淨的滑行道上，一波牽引一波，如同浮動的斑馬紋路，摹成一幅動態沙畫。原來風從來不是直吹。飛機滑行至滑行道，動態沙畫一波接著一波，浮雪蓋住滑行道的中心線，蓋住滑行道的邊界，蓋住滑行道兩旁的燈。彷彿滑行在水面，深不見底。

　　風搖晃枯枝、搖晃機身、搖晃冰上站不穩的身影。迎面撲來的風颳起的碎雪和冰粒，打在臉頰上很是刺痛，原來風是有脾氣的。被風最直接的撼動，除了是強風颳上臉龐，還有跑道頭強大的頂頭風，抵著已經放下翼襟準備進場的小飛機。地速只有每小時 20 公里，如同直昇機原地不動。我們推著油門和強風抗衡，跑道近在咫尺卻前進不得。

　　辛烷 100（Octane Number 100）的淡藍色燃油，飄著嗆鼻的甜味，是懷舊且破損的味道，也是更精緻的提

煉。更少的四乙基鉛（Tetraethyllead），減少有機金屬化合物，降低了毒性。在引擎長壓程、高壓縮的汽缸環境，需要高辛烷值（High Octane）配合低庚烷值（Low Heptane）以防震爆。每小時六加侖的耗油量，燃在蒙克頓的空域中，幻化成推進每一葉螺旋槳的原動力。

那晚的風把星光吹得搖曳，狂風 65 節，地面上每架飛機翅膀兩端綁著尼龍繩，拖著水泥罐，在大風中不停掙扎。有一架沒有綁好水泥罐，也沒放好輪子墊木的小飛機，像鬼鬼祟祟的頑童，朝滑行道的方向溜去。

暴風在天黑後戲劇性地完全靜止了，雪無聲落下，地面安謐，天空是動態的，下雪時是溫暖的。我拉實羽絨外套，抬頭仰望，雪花擁有世界上最長也最短的花期，一片片貼上臉頰慢慢融化，深呼吸，讓雪花堵住呼吸道，堵著一整個清淺的雪的味道。再聚焦幾片小雪花，小雪花慢慢盤旋漸漸變大，翩翩飄至眼睫毛，沾上眼簾，一個人靜靜記住這世界有多安靜。

民宅的鵝黃色燈光散在雪地裡，路燈也散在雪地上，機庫角落堆滿厚雪。天空清淨了，氣溫更低了。綠頭雌雞拖著長長尾巴，掃過剛留下的腳印，不待雪蓋過足跡，便將自己的行蹤欲蓋彌彰。

雪覆蓋著磚石砌成的尖頂教堂，教堂樓梯兩旁堆著厚雪，窗檐掛著冰柱。教堂的門忽然被打開，透出了鬱

金色的光，似乎非常溫暖。雪堆在風的迴旋處，隨即湧進教堂。整條大街上靜得只剩雪靴踩雪的聲音，鬆軟又厚實，在銀閃閃的他鄉。

打開電源，再打開電動燃油幫浦（Pump），燃油氣化後混合空氣直噴汽缸，左手開了三分之一油門引入空氣，右手旋轉鑰匙啟動裝置，鑰匙的鋸齒咬著左右兩方的磁電機開始運作。火星塞產生電弧點火，同時交流發電機裡的電磁感應產生電動勢，電流方向不斷交錯，盡責且殷懇地不斷改變方向。電機轉動引擎曲軸，這一切都發生在引擎罩之下。天微亮，但跑道彼端森林還是墨色，引擎曲軸帶上了螺旋槳開始轉動，一日才開始。

除了思路異常清晰的學生外，教練會教導學生在每個動作前，以口語複述正要做的事情。這是一種自我檢視，也讓我能確認他們是否在正軌上。例如練習迫降時，學生一邊做程序，一邊說出自己的情況和判斷：「喔，我們太高了，會收一點油門。風從右邊來，我會從左邊降落。高度不足以轉 360 度，所以我會提早放翼襟。風比預期來得強，我們提早前往目標點。」這並非無意識的碎念和自言自語，而是與自己和身邊的人的再次確認。在考試時，這個習慣也能讓考官觀察考生的思路，也是評判考生有否警覺性的一個依據。然而這僅於受訓階段，進了航空公司後，還這樣碎念，是十分擾人的。航

空公司的工作環境是各人分工，獨立工作後，再交叉校
對。不同的駕艙環境以不同的訓練方式，以安全為基，
以標準程序為準。

聖誕前夕是返家的季節，學院冷冷清清。路邊的小
幢小房即便被雪蓋著，依然披掛上五顏六色的聖誕燈。
隱約看到客廳正中央的壁爐旁，佇著初冬砍下的聖誕
樹，鵝黃色的燈光從每戶人家客廳窗戶透出來，映在雪
地上。三代同堂圍在一起聚餐，從窗戶可以看見長桌上
豐盛的食物。火雞應該冒著煙，餐後還有伴著酒漬櫻桃
的聖誕布丁吧。我像是格林童話《賣火柴的女孩》，望著
挨家挨戶的闔家歡樂，在每逢佳節倍思親的異鄉。不同
的是，我連一根火柴都沒有，燃點不著片刻的夢。

幸好，異鄉人會互相取暖，朋友總是能把落單的人
撈起，相約聚餐。阿卡迪亞家庭講法文、印度家庭講印
度方言、黎巴嫩家庭講阿拉伯語，即使聽不懂，觥籌交
錯中依然感受到溫暖的家庭氣氛。這不是普通的家庭聚
會，而是骨肉姻親從遠方歸來，難得聚首一堂。他們竟

然大方地邀請我這個語言不通的外人，一起分享食物，分享音樂。唯一比在長桌上的薯泥肉派更濃厚的只有親情，連長桌下的灰毛大狗都如此融入歡慶節日的氣氛。

每一次進場準備降落，我都對耳機唸著「Centerline, 60kts, centerline, 60kts, pitch for the airspeed, use the power to control altitude, centerline, 60kts, what do you do for go around? Am I on the centerline? Am I too high or am I too low?」一直到學生們熟稔進場時，儀表數據應呈現的樣子。

放幾個學生單飛，心就懸宕幾次。我對每位第一次單飛的學生都很有信心，同時又矛盾地交錯著無以名狀的擔心。擔心他們會不會遇到甚麼狀況，是我不曾講解的。手握無線電聽，眼睛望著跑道方向，只見遠方橘紅色和白色相間的風向標，看看它有沒有被風吹脹。明明無論是飛一圈還是飛一個小時，既然和學生一起決定了，我便應該要放手放心，但不知怎麼的，看著飛機起飛，將無線電貼在耳邊，飛機漸行漸遠變成一個小小的點，心裡依然希望雛鳥第一次出門別飛太遠，快點轉彎回來，但又希望他們能盡情享受第一次獨自在天空，並把這份感覺鏤刻在心中。

無線電終於傳來塔台的落地許可，一個小點慢慢聚焦成一架飛機，準備進場。拉平到觸地前，我都是屏息

凝神，一直到學生熄掉引擎，才放下一直懸著的心，為他們在飛行紀錄本填上第一次單獨飛行的時數。學院有一個傳統，就是第一次單飛後要被潑水，而教練第一次放學生單飛後，也要被潑水。

風後零下二十一度，我被淋水，從頭到腳全身浸濕。同事們玩得不亦樂乎，我則冷得動彈不得。三步併作兩步奔回教練休息室，換上乾爽衣服，把頭髮稍微吹乾，便上機飛去了。五個小時之後就開始發燒，而當晚還要熬夜執勤。

放單飛除了看技術，更看重的是心態，是否沉穩和專注。有些學生因為緊張興奮，飛前表現失常、浮躁，甚至精神渙散。太過有信心的，不能否定他們的能力，同時又要適當打擊他們，以定下他們的心。如果是太過沒信心的學生，便要推他一把；如果是太過得意忘形的學生，便要把他拉回來，收斂定神。鮮少有人在第一次單獨上天空前，還可以保持喜怒不形於表的內斂。

那飛上去的不單是飛機的重量，還有他們肩上的重量。當下是一個人人生的重量，來日是數百個家庭和數千公斤貨物的重量。我表面冷靜地聽著無線電，內心卻是一窩欣喜。放學生單飛，像是家有兒女初長成，值得大肆慶賀。帶著被認可的能力，眾目睽睽下舉行成年禮，嚴肅中有喜悅，比任何豐年祭都還豐厚。

「只是飛一圈，你可以做到的！」有一次放學生首次單飛，比較緊張，事先告知塔台，讓塔台調度附近空域的飛機。然而，塔台依舊讓其它空域的飛機進來，迴線裡一時間多了好幾架飛機。

學生起飛後，upwind 轉 crosswind 轉 downwind 就被告知一直延伸直飛。塔台遲遲不給回頭降落指示，從無線電得知飛機早已超出機場範圍。塔台甚至給出了盤旋指令，那可是學生第一次獨自上天空啊！那麼大的天空，那麼荒蕪的郊野，這一飛就飛去這麼遠。雖然演示操作時，已教導如何應對各種突發情況，但我還是緊握無線電，心急如焚。

過了好長一段時間，我像熱鍋上的螞蟻。學生獨自在天空盤旋，我在地面愛莫能助。細聽每一句陸空對話，都是塔台給予其它飛機的指示，而我的學生似乎被遺忘在天邊。等待總是非常漫長，好不容易終於傳來回頭指示，學生在無線電那端的聲音非常冷靜。飛機的降落燈出現於進場動線，慢慢靠近跑道，慢慢機輪著地，減低速度後滑出跑道，滑回停機坪，熄掉引擎。我方能鬆一口氣。

學生熄掉引擎後，笑得好開心。同學們在旁響起熱鬧的掌聲。每人都是人類偉大飛行夢想的參與者，由古人達達的馬蹄聲，到現時隆隆的引擎聲，以及此刻的笑

鬧聲，願流年無論如何也指染不到這樣的天真，也願時間永遠追不上他們的青春。

近日出時分，學生熟練地跟著檢查單，作最後檢查，準備工作完善。我在右座吃早餐，很是滿意！扭轉鑰匙，螺旋槳順時針一槳一槳打下去。

看看旁邊的飛機，那邊的學生因為沒做好事前準備，他的教練得在負二十九度的風中刮走機翼上的冰，同時吃我們引擎的尾風。教不嚴，師之惰，學生教不好，唯有教練自己受。很多教練常常抱怨學生如何折磨他、學得慢、表現差、做蠢事，其實又何嘗不是教練自己沒教好嗎？

學院曾經邀請我擔當中國培訓合約訓練進度的監督工作，那是工作履歷很有份量的一筆。但評估時間有限，任何與初衷分割時間的事物都要謹慎評估。是次邀請將會有煩瑣的辦公室事務，這與最初的目標差距太遠，所以婉拒了。還是心無旁騖的教學比較重要。在雲捲雲聚的同時，早上的沙灘被潮水淹沒又留下，黃昏飛去同樣的沙

灘，留下的又被淹沒，都在須臾朝暮更迭中。日落時分，感受一日即將結束前，沉陽在這大地尚存的餘溫，我專心凝視著如血的殘陽，好像只要從瞳孔汲取足夠的能量，即將到來的黑夜就不會這麼寒冷，每個人在暮色漸退之後都有家可歸，每筆功過在天色熹微前都有跡可循。

　　夜幕低垂，風雪都靜了。偶來的風，是亂的，是夜間訓練機場迴線、練習起降的最好時候。泛光燈溢著淡青色的光，溫柔均勻又詭異地灑在每個儀表面上。

　　夜航訓練時，我通常親自示範第一個起降，讓學生適應夜晚的視野後，才把控制權交給對方。前幾個起降都穩穩的，跑道頭的風向標亮著燈，在荒涼的夜裡杵著，顯得特別隨遇而安又孤單。飛機進場時，我不斷提醒要「同時」看跑道燈、看跑道盡頭、看風向標、看空速、看中心線、做檢查單，不停確認有沒有看到跑道，學生回答沒有。這也沒關係，我還是學生時的夜航訓練，也是落地之後才看到跑道地面的。即使看不到，也要用餘光觀察跑道旁的跑道燈，對照地平線，想像跑道表面，拉平、帶高機頭、逐步收油、盡量放慢觸地的速度和落地的力度。飛機不會因為學生看不到跑道而放緩或暫停，我們只能不停調整，不停累積經驗。

　　大風把小飛機撈起來，我們一再嘗試把飛機降下去。夜晚視線能作參照的不多。雖然塔台給落地許可時

會報風速，但風向標才最能反映即時風勢。我讓學生獨自操控，即使落地再重，也總要放手給他們試試。因為下一次他們就要獨自完成夜間機場迴線。

夜裡城市的燈光，是人煙的盛世歲月。小飛機在低空來回飛舞，不斷重複檢閱。進場還算平穩，很接近跑道時，飛機忽然飄了一下，我瞥見風向標被一陣不小的風灌滿，然後又瞬間洩下，代表風勢不穩。心中暗暗拉起警報，跟學生重溫複飛步驟，忍住沒有搶回控制權，看看他如何處理。來到這班機最後一個落地，準備拉平。突然一股大風，把小飛機瞬間吹起，然後又在彈指之間，風消失了，飛機急墜。我大喊「overshoot!」，指示複飛，但已經來不及了。飛機砸回地面，機輪重重地彈了兩下，差點衝出跑道。我搶回控制權，推油門複飛。學生一定嚇壞了，緊抓著操縱桿不放。這時候飛機在距離地面很近的高度失速，推盡了油門，高度都還在掉。在失速的情形下，拉高機頭不但無法爬升，反而會降低高度。正確做法是要推下機頭，儲存一點力量再往上爬。只是我們實在太靠近地面了，近到能看到座艙罩外的樹梢。

把翼襟收好後，飛機終於緩緩爬升。我向塔台回報複飛。耳機傳來塔台的關心，問我們是否一切安好。他們看到小飛機都偏離到旁邊樹林了。白天有外界視線做參考，發生意外時可以很快反應。但在黑夜，座艙罩外

的所有事，好像都被放慢了，恐懼也被放大了。

　　飛機終於回到半空，呼吸尚未平穩。我稍微冷靜一下，回報塔台：「被風吹了一下，所以複飛。我們沒事。」之後師徒倆人陷入靜默，整理思緒。我接手操控飛機，餘悸一直沒有減少，一想到若沒即時救回來，恐懼便積在喉嚨深處。然而，過度的情緒是於事無補的，此刻可做的，是有條理地整理剛才所有做對的以及做錯的事情，好讓我們師徒倆沒有白上這堂課。

　　把飛機帶回地面，機輪觸地的一刻，所有焦慮和不安都被穩妥安放。下機後，從黑暗的停機坪穿過機庫走回簡報室，機庫有雪夜裡唯一的溫暖，維修人員溫暖的微笑，笑著問這麼晚了怎麼還沒收工？他正在清理進氣閥的積碳，我的臉色比積碳還要黑。

　　進入簡報室，青白色日光燈顯得刺眼。學生扶著頭，十分懊惱地道歉，嚇得縮成一團，還沒回過神。我安慰他，其實他飛得很好，之前幾個降落都很穩，但最後一個降落或許是太累了，陣風又忽然太大了。那個降落應該由我接手，不應嚇到他。眼前最急切的，是不能因為一個意外而讓他信心崩盤，畢竟他之後是要出去單飛的。我們把細節逐項檢討一次，哪些地方可以改進，哪些地方可能致命，前因後果再走一次，理出了頭緒後，安心很多。

低矮的丘陵在太陽下沉後，斂黛深鎖著最後一點光線，在更深的青色之前，那是把一天交給黑夜之前的顏色。準備降落時，有隻小狐狸走上跑道，它和《小王子》裡的那隻棕橘色小狐狸一模一樣！我與小狐狸四目交接，彷彿聽到牠喃喃道著那句經典：

> 我不需要你，你也不需要我。
> 對你而言，我也只是一隻狐狸，就跟其它上千萬隻狐狸一樣。
> 但是，如果你馴養了我，我們就彼此需要了。
> 對我而言，你就是宇宙之間獨特的存在；
> 對你而言，我也是世界上獨特的存在。

　　牠望著飛行器，眼神充滿不解，脖子弓著，臉仰著，耳朵豎著，尾巴垂著，充滿困惑。牠轉身後很快就會忘了我，但我想記住牠很久很久。

　　低時數的飛行員很難獲聘，不諱言自己回學院當教練，起初目的便是為累積飛行時數。星宇搖曳著，每一

架飛機，都比消逝的煙花寂寞，在沒有歸屬感的異鄉，用虛浮的腳步，踏實地過著每一天。身邊的教練同事，每天都怨嘆著如何被學生折磨、生活如何困頓、對飛行的熱誠如何被消磨殆盡，一籌到某個小時數就會馬上離開。大家都是以飛行之名，求幾餐溫飽而已。

我剛開始教飛時，也有一樣的質疑。那些充滿疑慮的日子，通常都是天氣惡劣，不能飛行的日子。濃灰泛黃的積雲，有時甚至參雜著詭異偏綠的老竹色，雲層很低，會把心情壓得更低。走進寒冷且昏暗的停機坪，把燈一盞一盞打開，看到每一架飛機都披上保暖電毯，翅膀擠著翅膀，毫無秩序地排列著，沉浸在冷凝的機油味中，好像一個巢臼，孵著累壞了的小鳥。

一天很長，若滿載負面情緒和對前途的質疑，那就更長了。與其遙望未來某天飛上噴射機，不如埋頭想想當下如何成為一名稱職的教練。要自己成功，就讓對方先成功，讓學生先成功。我停止每天計算飛行時數，專心於學生的進度，轉換思考方式，也等於停止為難自己。

起降方式分「普通起降」、「短跑道起降」、「軟跑

道起降」和「障礙物起降」。當中我最喜歡軟跑道起降（soft-field takeoff and landing）。技術操作是一門藝術，是飛行員與飛行器間，細膩且漫長的對話。在不紮實的環境下，例如雪地、泥沼、草地、碎石子等跑道路面，前機輪有可能陷入、進而後機尾翹起翻機的情況中，飛行員與機器間一種縝密且溫潤的雙向溝通。

　　軟跑道起飛，翼襟放至起飛角度，沒有太多的分解步驟，只有手腕與手指以及手、腳、眼協調的輕拿和輕捏。

　　一地爛雪泥的跑道，把前輪重量減到最輕，以免陷入泥沼。操縱桿全部向後拉，保持滑行不能停下，一停下即深陷泥沼。直到拿到起飛許可，推油門、踩右舵保持中心線，機頭在空速到達起飛速度前不停想要翹起，此時慢慢放操縱桿的後力，等到速度到達後才能離地。由於速度尚慢，必須貼在離跑道一個翅膀間距的距離（ground effect）以打散誘發阻力（induced drag），讓空速上升方可正式爬升。

　　輕拿輕捏間，反覆感受飛機的表現與反應，在氣流升力形成與未形成之間，離地又未離地那一剎那，慢慢琢磨。放操縱桿後力若放遲了，機尾會狠狠蹬到跑道；若放早了，則不是一個合格的軟跑道起飛。

　　離地後若拉起機頭，太快爬升，則無法停留「在一個翅膀的間距內平飛」（ground effect）以減低阻力和累

積爬升能量；若為了停止爬升而推太大力機頭，螺旋槳則會打回地面。「在一個翅膀的間距內平飛」貼近地面低飛的那幾秒鐘，明顯感受到飛機把放在機輪上的重量，緩緩轉移至翅膀上，迫不及待翹起的機鼻，卻又沒有足夠動力爬升。升力在翅膀逐漸形成明確的力量，整個過程如同安撫一隻急著想要起步走的雁，先跑穩了再振翅飛翔。

　　好的軟跑道降落，以沒有任何操作步驟來做到「人機合一」。落地後依然保持操縱桿的拉力，以延遲前輪著地。那又是飛行員與飛行器優柔的對話：太猛太快的拉力，機尾會打到跑道；幅度太大的拉力，整架飛機會像氣球一樣重新飄起，遙遙錯過落地點；太弱的拉力，前輪太早落地會卡在泥沼裡。一個完美的軟跑道落地，是落地後先用腕力把機頭帶著，踩舵保持中心線，機頭和機尾以機輪為支點，像蹺蹺板般平衡，等到速度差不多燒完，再用臂力拉操縱桿，失速警報器的哨聲一直哀鳴到無力，最後前輪才因地心引力而落回地面。此時還是要保持操縱桿全部向後拉，避免前輪卡進軟跑道，不能停下飛機，繼續滑出跑道至滑行道。

　　推薦學生報考執照前，只要看到他們做好「軟跑道加 50 英呎障礙物」起降，便很有信心，因為這代表已經掌握到「操作飛機」的精髓。然而，如果一直只練習軟跑

道起降，以為已掌握和飛機合作及鬥力時，最後練習「短跑道降落」，卻發現他們常常在考前竟把短跑道降落的兩個步驟：觸地後立刻收翼襟，以及踩最大安全限度煞車，簡單的兩個步驟，都忘得一乾二淨。

　　一道又一道的冷鋒過境，雲壁從西向東橫掃整個省份，從機場西邊一路壓至東邊。教練們坐在休息室閒聊，待這場混亂過境，便是瞬間放晴的好天氣。

　　很多本地教練一見到學生會問「How are you?」我還是學生時，也喜歡這些溫暖問安。即使狀況很差，一句簡單的「How are you?」真的可以讓人安定心神。學生通常會回答不著邊際的「I'm good.」

　　其實即使學生狀態不佳，也要自己先處理好。所以我們不如直接一點，每次飛前和學生見面，直接問「How's the aircraft?」，也就是先問候飛機的狀況，這才是關於是次訓練最重要的關鍵。至於他們的個人情緒和私人問題，請在上機前安定好，把自己安定好才上機，是每位飛行員最基本的職責。

當然理解他們也有自己的困難，例如剛剛經歷遠距離戀愛的分手、在家鄉的愛寵離世、父母離異。人難免會有情緒，但他們必須了解，任何憂心都不能打亂當下的專注。再者，疏理自己對這個世界的困惑最好的地方，是在半空中，那裡最開闊，也最隱蔽。

把鬧鐘調在黎明前一小時，起床檢查氣象數據和機場附近狀況，然後開車到學院。摸黑經過停車場，簽派處總是燈火通明，簽派處負責人的表情總是意興闌珊。有好幾個學生已經就緒，準備出發，此時破曉驅逐了黑夜，在曙光乍現的崩角處，有鷗的影子。

或許每個喜歡天空的人，都是天生的探險家。在還沒真正甘願長大前就飛出去了，偶而迷路，偶而知道要去哪裡，有時誤把異地以為家，有時水土不服，有時所託非人。在風和日麗或風風雨雨的每個朝暮，前往一個又一個機場走跳、補給、尋覓答案、加油、避風雨，伴著一路上的風景，和一路上的不確定。

還有幾場雪，還有幾度下玄月，除了滿天星星，還有漫天小飛機，杜撰自己的航道，也守護著這小鎮每個熟睡的綿夢。看著三位學生各自駕著三架飛機向南去，我在訓練區收下油門放慢速度，停留在夜墨中，望著他們一唱一和的頻閃燈，比任何星體都璀璨，漸漸隱沒在星子那方。

里數 751—2,750

冬天與春天交際，絕非一夕之間，以百花綻放來展現冬去春來的生命力，往往有很長時間都帶著髒髒的梅鼠色。要融不化的雪泥巴水夾著冰，堵塞著大地，堵塞著每個步伐，堵塞著季節的轉移。那是極其折舊的顏色，帶著極其老舊的訊息。

　　我和另一位女教練珍妮，會互相交換學生飛，她把沒興趣的項目給我帶，我把索然寡味的章節給她飛，互助合作幫彼此補足需要的飛行小時數。天候不佳時，我們則在風中雪中鼓勵彼此繼續前進，她和我一樣，對飛行常年帶著不偏不倚的偏執，任誰攔也攔不住，是一種奮不顧身的天真。

　　凜冽的三月天，雲湧掩沒了一整個城市，連續兩星期輪替著一天風大、一天雪大。與學生的飛前簡報，進度都講解完了，沒有飛的日子，等於沒有收入。很多教職員甚至連繳房租都成問題。為了維持生計，學院雜活就由教練們來做，例如鏟雪、撬除冰柱、組裝學生宿舍的上下鋪。薪水和在天上飛的一樣，時薪19元加幣，未扣收入所得稅。

　　兩天後，將有一批新生入學，學院發出郵件，徵求兩位教練幫忙處理新學生的行政事務。我和珍妮兩人反正沒事做，而且估計工作內容應是派發書本、地圖或是接送體檢之類的輕鬆活吧！我們兩人便自告奮勇接下迎

接新生這個熱血澎湃的任務。

　　隔天，上級領著我們去辦公室，領取要派發給新學生的物件，又帶我們到旁邊的雜物房，房內有八個大布袋、被子、二十幾個枕頭，安排我們到學生宿舍鋪床，共二十六張床。上級說完就走了，留下愕然的珍妮和我。我們憤憤然把全部布料搬上車，來回學校與寢室兩次，再分別搬進各房間。我最討厭與布料為伍，尤其是大塊布料，像是床單、被單、浴簾、窗簾、桌巾等，凡是超過張開手臂長度的布料，總是理了又亂。

　　剛好珍妮也是最不喜歡鋪床！看著一床布料，我們決定用最短時間把這個令人浮躁的任務完成。在充滿灰塵和毛屑的空間，我們深呼吸一口氣，順了順心情，合作扯出床墊、床單、被子、被套、一大張不知名的淺色布料、枕頭套，花了點時間理出鋪排順序，有賴珍妮曾是空服員，在各大飯店逗留過，故對床務稍有認識。以她推斷，那一大張不知名的淺色布料應該是鋪在床單和被子中間。我們合力鋪了一個上鋪、一個下鋪，攪和著一整個寢室的謾罵，把床單硬塞在沉重的床墊下。灰塵令我們不斷打噴嚏。我們鋪到一半，偶然對視，兩人失控地笑了，笑出眼淚，笑到手腳發軟，笑到沒有力氣。笑了不知道多久，情緒失禁地放聲大笑，空蕩蕩的寢室迴盪著兩個樂觀女生既尖銳又絕望的笑聲。等好不容易

喘過氣來，我們約定若有一天有幸進航空公司，也不能忘記我們曾在大雪天跪著幫學生鋪床。

　　春分已過，冰湖上有幾隻野鴨。暖鋒過境，其後隨之而來冷鋒，湖面冰雨結凍。牠們在湖面睡覺時，腳被黏住，最終死於飢寒交迫，屍體在那邊已經第九天了。

　　每個人的操作喜好都不同，有些人喜歡驟升陡降的感覺，有些人喜歡平平穩穩地直飛。有位平常愛玩模擬機的學生，在飛第一班機時，就看得出他平常有練功。一上飛機便可識別儀表，對駕駛艙完全不陌生，精準地飛出收到的指令。

　　但若然學生是沒有專業指導下，獨自練模擬機，極其容易養成根深蒂固的壞習慣，之後再改正便十分困難。上到飛機，進行基本訓練的目視飛行（VFR）時，也有一定阻礙。在現實中，目視飛行員應以外界為參考，然而經常獨自玩模擬機的學生，通常會過度依賴儀表，只關注機艙儀表讀取，忽略外面的狀況。

　　發動引擎後，把暖氣調到最強，然而送進來的風依然冰冷。新飛機性能好，過五分鐘便吹來暖氣。暖氣口

對著前額吹，眼窩熱熱的，任由乾燥溫熱的引擎味灌進鼻腔。那是全身最願意接受溫暖的地方，可以瞬間舒活五臟六腑，皮膚也被乾燥的暖氣抽乾水分，乾著曬，又曬著乾。很多教練飛了幾個月後，一臉雀斑。身體和四肢長時間都是冰冷，羽絨衣和雪靴，阻擋著寒風，也阻擋著身體接觸暖氣。

4500 英呎向南飛，晴朗明快的天空下，平流霧剛剛好蓋住了、但也暴露了河流的樣貌，像是半空中懸浮了一條雲河。連小分支流都凝成俐落的形狀，迷漾、籠統，且有點愚直。

每個人緊張時的反應都不同，有些人會縮成一團，封閉五感，不聽指示；有些人會亂抓東西，抓著操縱桿或是抓著我不放，要用錘、打、吼這類比較激烈的提醒，對方才會清醒。

有一次上到 7000 英呎飛 spin 疾馳旋轉的訓練，安全檢查後，控制飛機進入慢飛再失速的狀態，失速後將左邊的舵踩到底。飛機便向學生座位方向翻天覆地地旋轉直下，翼尖至翼尖以每秒翻轉 360 度的速度轉了數圈。我喊出「recover」示意學生把飛機復原。然而對方沒有反應，飛機繼續向下旋轉。我再次喊一聲「recover!」，對方依然僵住沒有反應，他的手僵直著拉住操縱桿不肯放。我再提高聲量「RECOVER!」飛機繼續打轉，此時唯

有連吼三次「I have control!」跟他鬥力推桿和踩反方向的舵。雖然機鼻已經指向地心，但因為飛機還在過度失速狀態，一定要把操縱桿再往地面推才能復原。那是一個違背常理的動作，但若不勇敢推操縱桿，承接我們的將會是大地上的柔軟白雪。

我用力推操縱桿，機身向下衝了一段距離後，終於平飛。此時高度已經掉至 3000 英呎，地平線才回到它應有的樣子。學生臉色極其蒼白，可能是恐懼，也可能是復原時強勁的重力（G force），把血液由腦部扯向臀部，讓他失去了唇色。我搶回控制權，他發抖的手似乎找不到安放地方。我保持沉默，讓他獨自反芻恐懼。危急時，他沒交出控制權，我理所當然可以咆哮，對他發洩，但把情緒收好，是教練最基本的責任，身邊學生已經嚇破膽了，知道錯了，沒有必要讓他接收我的情緒。因此，我把情緒藏好，調整聲線，與學生一起整理整件事的脈絡，回程的路上我們徹底反省方才失控的前因後果。

回到地面，另一位學生走來，眉飛眼笑地說自己從耳機聽到我的喊話「冷靜地像一匹馬」。原來當時打轉時，學生拼命拉著操縱桿的手，按住了無線電通話鈕，把我所有叫天不應的復原指示，無遠弗屆地傳到整個無線電頻道。

天光還濛還昧，湖面上氤氳，淡泊地蒸騰著，空氣中混著清晨特有的磚泥味和炭柴香，還有牛兒把草根翻出土的淡霉熏味，一整個早上的味道都是咖啡色的。

　　天氣好時，飛機都分配給 solo cross country 去越野單飛到其它城市。教練們只能坐在地面乾瞪眼。

　　天氣極差時，大家也是坐在地面上乾瞪眼。只有待單飛飛不了，需要雲高的訓練也不能飛的邊緣天候，或是大風颳得又急又劇的時候，才能拿到一整天的飛機。

　　天氣差或亂流強勁時，很多教練不願意飛。這時候，我便申請兩架飛機，一架飛機上天空，另一架飛機讓學生進行飛前準備和加油，兩架飛機很有效率地輪流工作。

　　並非鼓勵遊走於天氣限度的邊緣。在合法範圍內，我會盡量帶學生看看不同天候條件，以明白不同的操作，讓他們親身體驗在雲雨間的幾許糾纏和絞痛。畢竟教練不可能一直在身邊，他們總會遇到意料之外的天氣狀況。到時候他們便能告訴自己「已經遇過了」，避免慌張，淡定地面對和處理。

　　下午飛經礦區，降低高度，觀察人類把地表破壞到何等難堪，竟又挖深了一大層。幾輛小小的黃色挖土機，

把地底下五臟六腑的顏色都翻出來，再分門別類堆砌在旁邊。

連續飛六班機，大風吹得天空萬里無雲，跑道那端，橙白相間的風向標灌飽了風。黃昏再起飛時，陣風風速 38 節，經過一個半小時後，降落時竟然無風。低層噴流（low level jet stream）走得乾淨俐落，風向標則乾癟地垂掛在黃昏後。滿月剛從地平線升起，呈現又大又圓的橘紅色。之後氣壓上升，每一次記錄，氣壓數字都不斷遞增，氣流穩定形成薄薄的高捲雲。月光折射高捲雲層裡如鳳毛的冰晶，午夜時，在月圓下映出一大圈月暈。月暈午時風，又是暖鋒和惡劣天候的徵兆。

一陣春雨帶來遍地新芽，又夾雜幾場誤了花期的春雪。已經五月了，大地似乎尚未正式進入春天。靠近地平線的色調濃了又淡，諦觀機腹下的色彩明了又黯，豐沃的泥土籌備了一整個冬季的養分。

我會在第二班機時讓學生控制進場，第三班機讓他們在輔助下試著降落，複飛（go around）的過程中順便檢討後，再馬上飛一個迴線，讓他們嘗試落地。而如果

是帶其他教練的學生，便會在訓練過程中，觀察他們願不願意聽取指示，如果「我說你做」這個遊戲玩得優異，我也會放手讓他們嘗試降落飛機。

當然也試過判斷錯誤，那時教練會做好腰斷骨碎的心理準備。每次進場，都把手放在距離操縱桿和油門最近的位置。即使有些教練的手沒有做準備，但整個過程都凝神屏息，高度專注。

螺旋槳轉得再快也打不散雪，雪順著氣流撈捧起來，向機尾浮去。歷代相傳的月曆上，以某幾個月份的始末，來定義蒙克頓的春天，都比不上紅色咽喉的潛鳥，一聲像抽噎又像奸笑的春啼來得準確。

雨霽雪霽，風也歇了。在雲尚未散去之前，光還沒照進來之時，一片煙煙雨雨，溫暖的空氣拂來，本已沒有太多顏色的四周，連白色也模糊了。凌晨的雨霧，沐濕了整個早晨，樹影比湖還深，綿霧欲散還留，朦朧了良辰的輪廓。用螺旋槳撥開薄雲簾幕，簾幕後是耀眼陽光。

教練不可能永遠在身邊，學生總有一天要自己飛出去。我盡量讓他們去試，甚至讓他們在錯誤中汲取教訓，不惜放任機尾輕輕打一下跑道。在可承受範圍內，都盡量不出手。打機尾，飛機會很痛，我的尾龍骨也會很痛，但比起他日可能會出的意外，痛一世不如痛一次。

有好長一段時間，唯一的成就感是看著學生慢慢進

步，尤其在我用對關鍵字或是換一個闡述方式時，學生忽然明白的那一瞬間，最有能量。教學相長下，由有時的詞不達意，慢慢磨出用幾個關鍵字講述一個大道理。

　　厚雲像一堵牆，從東邊海上壓境而來。看了看雷達和風速，算了一下，雲雨在一個多小時之後才會覆蓋機場。我要學生加快速度出發，向東南邊的訓練區迎著雲牆飛，一邊說明天候不佳時，一定要迎著雲迎著風飛，千萬別順風飛。若然雲順著風蓋過機場，回程時頂著逆風就很難回來了。

　　我們是空域中唯一的飛機。我一邊講解課程，一邊觀察厚雲動向，東風漸強，雲底迅速降低，壓境速度比預測來得快。飛機被雲層推著跑，我一再回頭確認跑道還在視線範圍，並加快課程操作演練速度。

　　視線逐漸降低，眼看我們要被雲雨包圍了，但距離課程結束只要五分鐘，就可以把內容講解兼演示練習完畢。所以我把飛機飛到沒有雲的高空，確保和厚雲邊界保持安全距離。學生跟著指示練習操作完畢，想不到這五分鐘風雲莫測，才轉個彎，機場範圍已消失於視線。我們在霧暗雲深裡，一片白茫模糊，瞬間墮入五里雲霧。驟雨一鞭一鞭無情地拍打座艙罩，狠狠地嚴厲斥責小飛機不即時返航，現在把後路封了，不讓我們回去。螺旋槳攪著雲邊瀰漫的煙蘊，卻怎麼也攪不散那幾丈幾呎的

雲霧。龐大迷霧的混沌處，是大自然最頑劣的固執，也是人類力量尚未足以撼動的。

失去了地表作參考，只知道此時大概在 Shediac 小島上空。我把地圖交給學生，雖然知道他很難看到任何地表參考物，但也順便利用這個機會，訓練他在危急情況下解決問題。最細的雨網成了最濃的霧，將近進入盲飛的情況，「I have control」我拿回了控制權，聯絡塔台要求 special VFR。塔台問我們是否看得到機場範圍，我回答機場範圍不在視線內，要求高度和航向指示。塔台清楚而鎮定地給予指引，只是這些提示，遠遠不及數年前我的啟蒙教練 Ahdont 說的：「如果迷失了，回到 Shediac 島上空，跟著 15 號公路飛，就可以回到機場。」這句話來得心安。

在安全範圍內降低高度，雲迷霧鎖間終於隱約露出 15 號高速公路，為回航指路。大雨愈下愈急切，塔台更急切。我收慢油門，木製的螺旋槳承受不了大雨狠打。塔台亮起了高強度跑道進場燈，一閃一閃的白色進場燈，在霧中發出微弱召喚。我向塔台回報看到跑道了。謙卑修行大自然給我們的功課，深深體會人類的脆弱、微不足道和無助。沒飛進暴雨裡，不會知道天外有多藍。可能真要墮入雲的深晦處，才能遇見自己最赤條條的懦弱。

不到凌晨五點，低空結了一層冰霧，六月天，早上也只有攝氏負二度，晨曦中，城市的輪廓已被畫好，等待朝陽升起來填上更鮮明的原色。工作時，望了日出也追了日落，在世界上潮差最大的地方觀看潮起又潮落，霧散之後雲又聚起，機影投印在晨霜上。

　　在機場迴線第三邊順風（downwind）齊平跑道頭，練習無動力精準降落（power-off 180），由學生自行決定何時關掉油門，以模擬引擎失效。目標是降在跑道 1000 英呎標誌上。這不單是商業駕駛執照的其中一個考試項目，更是一門無動力滑翔飛行的藝術。每次變因都不同，沒有一次 power-off 180 是一模一樣的。無論是風切、風向、風速、溫度、空氣密度、機身重量、重心、駕駛者的注意力還是當日的運氣，都不盡相同。這個過程需要精準的判斷和敏捷的臨場反應。在沒有引擎動力的情況下，準確地把飛機降在目標點上。

　　把油門切掉後，模擬失去引擎動力的情況，把飛機調成最佳滑翔姿態，盡快轉向跑道，由順風 180 度轉向了逆風，以偏高角度切入，對準目標點用 slipping turn 一邊側滑，一邊轉彎，以歪斜的姿態增加阻力，來降低

多餘的高度。垂直高度表的指針，指向更陡降的速率，保持穩定的空速，一路衝向目標點，直到快降落才復原，一復原便觸地。這個項目十分考驗判斷力。無論到任何機場，發生引擎失效時都要準確地把飛機降在預設的地方。所以考試時不能找個地標死記上面的參考高度，以蒙混過關，而是要考驗自己的判斷能力。只是再怎麼苦口婆心，學生們都總是偷偷死背硬記地標和高度，集結大家的經驗，討論哪一條跑道，應找哪一個地標，在哪個地標達到哪個高度。

為了攻破他們這些小心思，在機場非繁忙時段，風又不是太強時，我便向塔台要求更換不同跑道，或是右側機場迴線。但學生們厲害到每一條跑道和方向，都可以集結出不同的高度參考數據。我只能不時趁他們不注意，偷偷把翼襟的斷路器拔掉，模擬連翼襟都失效了，速度不同了，飛機滑行表現也不同了，來逼迫他們專心判斷飛機迎風的處境。

這個練習項目需要很多運氣。縱使所有操作都精準無比，看似可以降在目標點上，但若觸地前，高溫的上升氣流太洶湧，或莫名其妙吹來一陣頂頭風，又或是進入地面效應（ground effect）時誘導阻力（induced drag）減少，讓即將觸地的小飛機再次飄起，而錯過降落點超過 200 英呎的距離，那麼一樣不符合考試標準。那已無

關乎幸運與否，因為在現實生活中若遇到引擎失效，大自然未必不會補上一刀。

推薦一位學生考商業駕駛執照，安排考試的那個下午，上升氣流特別旺盛，午後飽滿肥厚的積雲，灰灰黃黃像極了當地人窩了一整個冬季的脂肪，很有份量，在半空懸著。

我剛好帶著另一位學生在機場迴線裡，排在他後面，透過無線電得知他在考 power-off 180 項目。我在機場迴線的高度 1200 英呎，看著他的飛機關掉油門，降低高度往跑道頭 180 度轉彎落下去。盯著他那白色機身，飄至跑道頭，飄著飄著有一陣風忽然把機身托起來。替他心驚了一下，眼看他就要飄過考試限制範圍，我是既緊張又無能為力。我一直在心裡吶喊：「下去！下去！把飛機降下去呀！」另一邊又寧願自己不那麼剛剛好看著他考試。幸好他在即將超過限制前，把飛機砸下去落地。這個肉眼看得出的歪斜度，考官一定不會滿意，但知道他在限制範圍內觸地了，我才發現自己屏住了呼吸好久，得以放鬆好大一口氣。

春夏交替之際，百川灌河，丘陵上的冰雪漸漸融化。蒙克頓的換季猶豫不決，上午雪落紛紛，下午雨落沉沉。把飛機交給維修人員，維修時間長不過黃昏，短不過清晨。在下一個艷陽高照前，會還給我試飛，做完安全測試才給學生。

　　春風正酣，只要飛上去，就是天寬地寬。

　　船拖著白色浪尾，劃破海面，這是夏天才有的動態。等到冬天海面結冰，所有的凶險都冰封在硬朗冰殼之下。白色冰殼隱約透著海水顏色，沒有一艘船隻願意劃破。一直到春天，冰層碎裂並相互推擠，與愛德華王子島相隔著的內海，此起彼落地發出高八度加一點低八度、令牙齦酸麻的聲音，嘎嘎嚓嚓，又尖銳又拙劣。

　　大約在第十五班機的時候，我會找一個風特別大的日子，由學生自己選一個平常最常去的訓練區，或是之後想去單飛的區域，練習 illusions created by drift。對於不會暈機的人，這是輕鬆又好玩的訓練。對於會暈機的人，這班機將會非常痛苦。理想的天候是將近 40 節的風，最好剛好有低空噴流（low level jet stream）經過，飛低空 500 英呎，以地速和空速對照，看著地面，感受小飛機在順風和逆風下，如何被吹得身不由己。再定點盤旋，配合儀表的判讀，觀察機尾如何在高速時隨風滑出（skid），和在低速時因重力而陷入（slip）。在氣流中顛簸

大約一小時後，確定學生已經暈頭轉向，搞不清楚東西南北時，我會輕輕地說「帶我回機場吧！」通常會一陣靜默，找不到回去本場的路。「別急，機場在哪個方向？」

少數學生很鎮定，穩穩地控制飛機高度和方向，再對照地圖，不用太多時間就辨認出機場方位。其實這樣我反而有點擔心，會刻意把情況弄得更亂，看看對方能否在精疲力竭下還保持優秀，結果是：優秀的人在甚麼情況都很優秀。而我總是那個放不下心的人，明明對方已經掌握全局，還是要千叮嚀萬交代，就怕現在不夠為難他們，當他們單飛時會遇到更多為難。

大部分學生則是大亂陣腳，飛機繼續飛，高度散了，方向愈飛愈亂。有人指著相反方向說要回家，有人指著長型沙洲說那是跑道，有人應該是暈到看見海市蜃樓，指著海洋說機場就在那方。愈多提問，對方愈著急，這也是我故意設下的情境，不斷把他們逼至牆角。「這已經是第幾班機了？」、「這是我們最常來的訓練區！」、「這是你再飛兩班機之後就要來首次單飛的地方！」、「你看，一遇到問題連飛機都不會飛了嗎？」、「從一開學就說好，遇到任何狀況，首要任務就是先飛飛機！」也沒有謾罵，但確保用最大力度的質疑，勒住身旁已經身心潰散的學生。目的是讓他們在此等挫折後，回到地面時，徹底把自以為最熟悉的訓練區再摸得更透徹。因為再兩

班機之後，他們便要隻身前往一樣區域，只是到時候風不會這麼大，也不會有我在旁邊大呼小叫了。

再怎麼苦口婆心、威逼利誘，都不如適時打擊他們。學習是不能逼迫的，唯有他們願意自我推進和保有危機意識，教練和學生彼此才能在不身心俱疲之下走得更穩。

溫暖的空氣拂過一夜孤寒的水面，平流霧是輕柔的嫁衣，披上一縷非誠勿擾，只得遠方更迷離的紫氣氤氳，把每一口小飛機都吞去。越過太多知名和不知名的城市，或許是小飛機的載重有限，變相一定要把那些有形和無形的如塵心事，都留在地面。又或許是飛行員的生活很難留下太多東西，最直接擁有的，可能只剩活在當下的小日子。

上面是霧，下邊是露，霧濛濛的雨煙，再多推一點油門，還是霧濛濛的雨煙。

似乎終於決定雪不再落，飛絮佔據天空，摩擦著空氣，結成一球一球滾落，落成春天的初調。

整齊筆直的秧苗，是春天最牽強的線條，待季風推來一整個雨季，雨催開了花季，風摧殘了花忌。

雨尚未降臨的地方，花期不一。

逼近一年當中日照最長的一天，凌晨四點半開始工作，太陽直曬到晚上七點。將近傍晚十點，天還沒完全

黑。矮山像是黑石般，凝在遠方的地平線上，輕薄的霧淡然了山色，模糊了地貌，卻也潤澤了被眺望的遠方，和被壓進暮色前的時光。赤日還沒落下，夏月已經升起。

　　湖面上，植被的群落，都有自己的範圍，慢慢向外圍擴散，爭陽光、爭養分、爭霸一塊地皮、爭奪一方水域，構築一塊塊深深淺淺的苔綠色和藻褐色。

　　有翠綠芊芊，有乾白絮絮，泥色的河，在春光正好下潋灩著。南邊的臨海懸崖地，崖壁會隨著一天不同的光線，變幻不同的顏色和陰影。沿著海岸線毫無牽掛地飛，看看有沒有機會在有限的時間，去更遠的地方。即使是千篇一律的石頭和海水交界，總有某個因退潮而露出的岬角、或是哪個斜坡剛剛崩了土石流、或是有一天河流決定抄捷徑而形成的牛軛湖（Oxbow Lake）。大自然一直用它的方式講故事，有時是急躁的抗議，有時是悠緩的訴說，但似乎鮮少有人願意傾聽。

　　不厚但透不進光的低層雲，覆蓋整片天空。諾大的天空，原來雲也會擁擠。雲的高度剛好能練習失速，東北風將雲層不停推進堆疊。那我們就去東北邊，幸運的

話可以去雲邊探一探。

貼著雲底飛，雲體厚實，帶著背光的影子，代表雲之上沒有雲了。由於太過乾燥，少了微下擊暴流（microburst）的下沉毛邊，細雨霧在落至地面之前就蒸發了。

愈向東北，出現一大片湛藍天空，我們真的到了雲塊的最邊緣，隨著雲壁向上爬，像攀岩一樣。右邊是萬里無雲的晴空朗朗，左邊是萬里綿延的雲層鋪蓋。爬了大約 500 英呎到了雲層頂部，雲層之上乾乾淨淨，夕陽浮著，金橘色灑遍雲海，儼然是個與世隔絕的天堂。溫暖且柔軟又無邊無際，是一個不被打擾且無限大的空間。如能在雲海上走跳，誰想要練習失速？我們在雲彩之上恣意漫飛，當然一邊望著雲斷崖的那邊，保持可以看到地上的視線。

踩著一腳的彩霞，在雲海上看日落，由金橘色慢慢變成深黃丹，漸層再轉為艷麗的珊瑚朱色。一輪紅日往雲裡走，消失在雲層下，我們回到雲邊，用 500 英呎高度演繹失速，復原後小飛機已經落至雲下，在雲下又再次遇見剛剛沉落的夕陽，夕陽是老鴇的唇色。

深邃的湛藍天空，在陸和水的邊界，天闊地闊，陽光暖人時，一座座森林在機腹下流過。所有的美麗，都在蒼山之西，飛慢了光，也飛慢了陰，一路向北的海岸線從機腹下消逝，飛慢了年，也飛慢了歲。任誰臉部背光，他的剪影輪廓都會很好看，因為背景是映著緋紅混著淡橘色的天空，雲碎在天界處，呈現藍黑色和靛紫色。從東邊侵過來的夜，模糊了大地脈絡。

　　深邃的黝黑星空，還以為星星可以被私有，因為我們流連在比整個城市都高的地方。一個幽幽燦燦的夜晚，日誌上記著當晚東方會有天琴座流星雨。臨海的山堆和谷堆，杵著紅色警示燈的電塔。在天完全亮之前，守著和路燈一樣的指引。

　　上機前幫考生做了簡單口試，他似乎非常緊張。我安撫他，解釋說明別當這班機是考試，這班機和之前與教練飛的訓練沒有不一樣，把平常的水準飛出來就可以了。

　　考生表示沒試過晚間飛去東邊訓練區。那正好，反正他總有一天要在夜晚獨自經過那方空域，不如就今晚試試吧。我則是帶著想更接近流星雨的私心，指示前往東方。學生一聽到要去沒去過的空域考試，更緊張了。

　　翼展浮過小鎮的浮生大夢。起飛後考生戴著遮蔽眼

罩，低頭與儀表數據奮鬥。我坐在旁邊仰望千百顆流星刷過，平時靜謐的夜空，今晚特別動態。要不是正在幫人考試，我一定會興奮地透過無線電向同頻道的全人類大聲宣布：「向磁方位角 120 度看天琴座流星雨！」

考生表現很好，只是實在太緊張了，有點影響我和天琴座的交心連結。於是我接過飛機，要他把遮目鏡拿下，暫時放鬆心情，仰望眼前宇宙靈動。他剛剛一直盯著儀表，忽然向外看，一時間還無法對焦任何星體，也不知道自己做錯了甚麼，要暫停考試項目。我只是想要他放鬆一下，看看這難得一見的奇景。然後，他驚呼說，這是他第一次看到流星！他這一句驚呼，迷絢了一整片夜空。

親愛的未來的飛行員，大大小小的考核將會一直鋪排下去，從踏上航空領域一直到退休。但是天琴座流星雨一年只有一遇呀！飛考不用太緊張，因為通過與否，其實早在上機後的幾分鐘，從學生的信心和手勢就大致有定數。考官有時根本就在東張西望，接受宇宙大愛的洗禮。這比揪著考生在合理範圍內，航向偏差幾度、高度失準多少，來得重要許多。無月的夜，在熟悉的空域遊蕩，星空帶來安定。那是來自宇宙穩當的能量，深情款款。

相同的學習範疇，有些學生選擇準備完善，有些學生則草率敷衍。進度落後，又不願充分準備的學生，每一班機都要逐一步驟追著對方打，勒著脖子一鞭子一鞭策地驅趕進度，對彼此都是很大消耗。有意追趕落後學生的進度，是我作為教職員的本份。但若學生不願意下功夫，那麼落後，也不能責怪花的品種不同、環境不同。這無關花期不一。

　　教練如有一位讓人省心的學生，無論在課業上還是技術上不用讓人操心，是何其幸運。即便沒有飛行基礎，卻有高水平表現，對於這樣難得的資優生，我會把兩至三班機的教學內容濃縮成一班機，第二班機放手看看對方能否實踐上一次的內容，必要時再針對弱點加強精進；到第三班機就只用一開始的十五分鐘重溫和確認。凡有這樣超前的進度，可以看出對方的付出和努力。實在值得獎勵，毫無壓力地欣賞風景便是最好的獎勵。

　　天邊是更淡更輕的高捲雲，雲捲了又平。大河穿越南邊的訓練區，省份邊界處特別遼闊，蕩漾著囂張跋扈的自由。我問資優生：「有上過 10000 英呎嗎？」資優生一臉茫然，通常我都是問「有沒有去過某方某個空域？」鮮少問「有沒有去過某一個高度？」也是，誰會沒事浪費燃油爬升到這麼高？那是一個書本上寫著靠近缺氧的高度。「沒有是吧？那我們去吧！」

黃昏彩霞是黑夜降臨前最繽紛的艷色，何不去更高一點看看這些顏色？學生帶著飛機爬升，地面的景物愈縮愈小，引擎以 125 馬力的輸出功率，把機頭拉得更高。每分鐘 500 英呎的爬升率，向稀薄的空氣求索更高的高度，排氣溫度的指針漸漸升高。有一層幾盡透明的稀薄迷霧鋪在約 8000 英呎，但那絲毫不阻止小飛機繼續往上去的好奇心。穿越薄薄迷霧，依稀可以看到黑墨綠色的森林地面，我們已到了另外一個沒有人煙的空間，加足油門繼續往上爬，高度表較短的那根指針緩緩指向「1」，小飛機慢慢飛上了 10000 英呎。

　　我在公用頻道報告飛機的位置和高度，無線電沒有人回應，也許沒有人捨得破壞這份寧靜，更大可能是此時根本沒有其他人存在。把高度釘在 10000 英呎，四周繞了一下，感受這種毫無負擔的輕盈。上方是沒有雲的天空，在太陽光線消逝前，斑斕地運行著最後的變幻。正眼看著這片天空，向上不停望向最遠最深處，「天空」二字的「天」很容易理解，「空」這個字則要慢慢意會。淺藍色之上，連塵埃都到不了的地方，視線無處聚焦，顯得非常空泛。

　　遠方，沒有地平線，是淺雲鋪出來無邊無際的雲平線。靠近夕陽附近，似妖似仙的雲彩，是我最喜歡的珊瑚緋紅色。珊瑚緋紅色之任性且短暫，區隔著白晝和黑

夜，那是向天際借來的顏色。此時我們和如此嬌嫩的顏色，平起平坐。日落紅得很東方，天那邊披著綾羅綢緞護著夕陽的餘光。要不是這個顏色隨著即將隱沒的餘霞漸漸淡化，否則寧願缺氧，也不想離開這 10000 英呎。

當溫度下降趨近於露點時，會形成不同型態的雲、霧、靄、霾。

青色的霧，橙色的霾，在霧最濃的時刻，上級絕對是故意分配給我一位專攻數學的本地生，終於遇到心算很快的本地生，土生土長的蒙克頓人。他有著本地人少有的尖銳企圖心和理財能力。我理解他以學生貸款來學飛的壓力，由於每次簡報前他都做好準備，因此我講完關鍵字和主要概念，確認他都答對問題，便放他下課，少收他很多飛前簡報的學費。

即使數學系心算快，我還是要求他老老實實地用航空計算器（whiz wheel）計算。航空計算器是智慧的結晶，所有的地速、空速、時間、油量等，轉一轉就可以短時間內計算出來。然而數學系學生心算實在太快，比傳統的航空計算器迅速，甚至比裝電池的航空計算機還快。

他在高空時沉默寡言，但是對飛的熱誠，就像頑皮的猴子尾巴，沒有要藏住的意思。飛至低空時，我就像身邊坐了一位在地導遊，介紹哪裡是他長大地方、哪裡是他父母家、哪裡是他祖父母家、哪裡是他上學地方、哪裡可以採收楓糖漿、哪裡可以採集野生藍莓、哪片森林最多馴鹿可以打獵、北邊哪片沙灘可以挖蚌殼、西邊哪裡可以找到火災後荒廢的溜冰場遺跡、東邊哪裡有二戰遺留的跑道、南邊河流在甚麼時候可以等到第一波海水回流。

這位學生沒有遊歷過太多地方，甚至沒有離開過這個省份。但他對自己長大的家鄉如此了然於心和充滿熱誠，常讓我這個外來人，誤以為蒙克頓是個有豐富歷史底蘊、物產豐饒、居民富庶的肥水之處。相信一個人內心豐富，是很容易感染身邊人吧。

在霧處，在煙處，雲剛好壓在 3000 英呎的高度。那是練習低速飛行（slow flight）的雲高限制。做完安全檢查，座艙罩外的世界是半透明的，座艙罩內的儀表是清晰的，用 41 節的空速加上 10 節的頂頭風，把飛機調成和腳踏車差不多的速度慢慢飛去。耳邊響著失速警報的哨音，以最大的攻角產生最大的阻力，機鼻高高地朝著雲也朝著天。鬆散的介面控制，機油的溫度由於冷卻的空氣減少而慢慢升溫，用油門控制高度，用機鼻姿態控

制空速，引擎聲盪在低轉速。

　　又是一個風雨將至的黃昏，飛機們紛紛衝回機場，湧向跑道，爭先恐後要求降落。混亂的機群，像撲著翅膀的壯健土雞，在農場主人灑出飼料後，從四面八方飛奔而至。即使交通再怎麼散亂，專業的塔台控管人員總是能有條不紊地把大家組織妥當，再塞進機場迴線裡。我們從外側訓練區，監聽到如此龐大的交通量，便提早三分鐘準備回程，加速擠進機場控管空域。在此等塞機的情況下，手腳慢了就要在天空多塞不只十五分鐘。等我們進場降落時，機場迴線內有八架飛機大排長龍，最後面那幾架，被引導出機場範圍外，另外有三架還在訓練區盤旋進不來。

　　我接過控制權，延遲放翼襟，加大進場速度，保持一些高度，到很靠進跑道才放翼襟，導向側風，踩相反的舵，歪斜著頂向風，燃燒掉最後的高度，讓飛機在最靠近離開跑道的滑行道前著陸。一氣呵成閃出跑道，快馬加鞭以騰出多些空間給後面飛機進來，讓大家盡快在風雨來臨前返回地面。

飛前簡報當中，儀表飛行（instrument flying）簡報的部分最不得人心，這個章節沒有理論，只有實踐步驟。整個簡報只論述呆板的儀表掃視程序，但這卻是學生們從目視飛行進階到儀表飛行的第一步，一定要從基礎開始教導。要建立起在疑惑時相信儀表的信心，而非自己的視覺判斷。

我和教練同事們曾討論如何將儀表飛行的全面板（full panel）和部分面板（partial panel）這兩個章節，講述得更有條理。大家的結論是用我最不喜歡的方式：一字不漏地跟著簡報唸，交差了事。其實整份簡報只在論述一個簡單的概念：掃視儀表的重要，不要停留在同一個儀表超過三秒鐘。例如要避免一味追求保持高度，而忽略失速或超速的可能；避免只專注於保持航向，而掉了高度或轉彎幅度過大。

整堂課下來，依照簡報順序，重複無數次「最主要看姿態儀、掃視空速表再看姿態儀、掃視轉彎協調表再回到姿態儀、掃視航向指示器再回到姿態儀、掃視垂直速度表再回到姿態儀、確認高度表再回到姿態儀、檢視羅盤再回到姿態儀。」學生的目光慢慢轉為空洞，表情呆滯，連如何將這堂課撐過去的意志力都逐漸凋殘。

　　我在母親節租了一架飛機帶媽咪飛。我們向北邊低飛，沿著河流上游飛到下游，經過一個又一個逐水而居的小鎮。農場的牛隻背對著風，挖找剛剛冒出來的嫩草。一塊塊剛犁好的田，深褐色整整齊齊地排列著。初夏顏色尚未太濃郁，也可能是過了一季寒冷冬天，大地還不太確定要換上甚麼顏色。

　　黃昏時飛到出海口，剛退潮的海岸線顯得有些斑駁。媽咪很喜歡這個視角，風景在腳下快速流淌。如果不捨得風景移動太快，我們也可以盤踞在一個定點上，像老鷹一樣的視野，像老鷹一樣自由。

　　媽咪沒有照相，而是認真地把每一個細節和感覺記在心裡。把飛機帶高一點，把控制權交給她。她穩穩地控制飛機，我想她應該跟我一樣喜歡天空吧！讓她看看我的工作環境有多美，便會了解我為甚麼會這樣固執追逐，不懈堅持。即使飛了好高、好遠，不在身邊又常常失聯，但永遠是她的孩子。

　　夕陽準備落下，染上梨黃色的雲。那是光譜中最溫和的顏色，那是煦煦暖暖有溫度的顏色，我相信那是母愛的顏色。

　　天氣好的時候，一班機又一班機交織著每一天。天氣不好的時候，一個接一個的簡報工作，永遠有學生進度要趕。這樣堆疊出幾個月，形成另一個循環的舒適圈，好像只要把時間都排滿了，就不負時光。

　　學生進度怎麼都飛不完，舊生還沒畢業，新生又入學了。每當有學生前來告知他在蒙克頓完成學業，明天就要啟程離開，我都為他們感到驕傲。反觀自己，即像還窩在巢裡孵著。如果繼續這樣現狀，就只能一直在巢裡孵著了。

　　現狀，像一個厚重的枷鎖。「停滯不前」是一條無形卻有致命力的繩索，長期勒住頸項，時鬆時緊。有時它又會變成在後面揮舞的鞭子，驅使著不停向前。其實也不用把「瓶頸」當作是當下非通過不可的，在築夢三年、五年、十年的長跑中，循著這條鞭繩，把它變成自我鞭策的韁繩，除了不斷前進的信念，能不被自我扼殺的，是學會與低潮並存，與之平起平坐，讓它成為身體和精神意志的一部分，接受它的滯留，接受它的打擊。那力量就會成為下一次更厚實的後盾和更柔軟的依歸，

是的，有一段時間，低潮竟變成一種依歸。

　　其實要打開這個鎖也不難，只是需要花一些力氣和時間鑄造鑰匙。除了教學進度外，也要留時間鑄造這把鑰匙。因此我將大部分的飛前簡報交給其他教練，省下的時間和精力，便去準備履歷、技術考核、升級考試、儀表資格測試、人資部試題、技術理論考題等。準備好一把把的小鑰匙，才有打開一扇扇門的可能。雖然收入大幅減少，但這是既讓學生保持進度，也完成自己進度的折衷辦法。

　　上升氣流從地表翻騰上去，翻騰著蚊蚋、翻騰著雀鳥、翻騰著小飛機、翻騰著雲塔積聚、翻騰著胃酸、也翻騰著飛行員還不願回到地面的固執。大雲擋在前面，一個轉彎就是一個世界，在雲之上，可以安心地將內在那無須向他人掩飾的柔軟，全盤托出，不怕墜落，即使墜落，也會被雲完好承托。

　　很喜歡空氣動力學，機身四周的空氣，像國王的新衣一樣，沒有顏色，沒有形狀。

　　一邊講解失速（stall），一邊在白板用黑色畫出機翼

的橫切面，用藍色畫出氣流，用紅色畫出主升力點和其移動，盡量把看不見的空氣流動具象化，這將是學生第一次以非常態的姿態操作飛機，他們至少要了解空氣在翅膀上如何運作。

機翼產成的升力不足以抗衡飛機重力，就進入失速。失速可以發生在任何高度、速度、姿態之下，但都一定發生在同一個攻角。把飛機帶上 4500 英呎，做完安全檢查後將油門關掉，將操縱桿慢慢向後拉，機鼻抬高，隨著引擎聲減弱，失速警報響起，翼上原本平滑如絲的氣流變得混亂，在機翼末端打回機翼介面，導致機身開始震動，隨著空速減慢，將操縱桿一把拉至最後。這需要一些臂力。

翅膀上有一股力量掙扎著，直到再也無法乘載飛機的重量而失速。失速時，機鼻往下掉，有時一邊機翼會先失速墜下。我喜歡感受飛機放棄掙扎的瞬間，奮力對抗卻在一剎那再也支撐不住。

把自己和飛機交給天空，把學生交給繫緊的安全帶，任憑機體下墜。那不是自由落體，也不是快速俯衝，而是一個不可預測的姿態，每一架飛機失速的姿態都不同，每場墜落都是一段獨特的動態藝術。這是對飛機的絕對信任，即使甚麼都不做，只要放開雙手，飛機就遲早有能力找回復原的狀態，而這個遲早，可以很遲或也可以很早，每架飛機型態表現都不同。

無需加油門的復原，是學生體驗的第一個失速，目的讓他們安心。即使我們甚麼都不做，飛機都能自己恢復。其後學習其它技巧，就可以使飛機更快復原。過程中會留意學生的感受和情緒。如果有恐懼，就連續多做幾次，直到恐懼徹底消失，直到對墜落完全接受。

　　每隻鷹都是經過很多挫折，一步步地成長，沒有雛鳥一孵出來就雄赳赳氣昂昂。哪隻不是眼神呆滯、毛濕濕又站不穩？小鷹得克服被推落懸崖的恐懼，和忍受俯衝後斷骨的疼痛，一次又一次把翅膀練得硬朗，把爪子操訓得健強，最終才得以鷹擊長空。而在這之前，每一次僥倖鈎爪到的，都會被獵物更用力地掙脫。還不夠資格就得到的都是僥倖，而僥倖的都留不住。

　　游隼是世界上速度最快的鳥類。它的捕食姿態不像老鷹直線俯衝，而是螺旋狀下衝捕捉獵物。小飛機可以模仿它的姿態螺旋俯衝（spiral dive），側著機身做大幅度下降，但速度遠遠無法和游隼並駕。

　　爬上 7000 英呎完成安全檢查，將飛機側進 60 度以上的急轉彎，此時翅膀水平面積縮小導致升力減弱。加上地心引力把飛機側滑進轉彎內，向低翅膀的方向傾斜，打到舵的相對風向，會把機頭再向轉彎處偏，進而把飛機帶進一個立體螺旋。推大油門，速度飆高，身體因離心力，重重地壓進羊毛絨座椅內，螺旋向下方俯衝，

和雲霄飛車的視覺一樣，只是這條軌道是無形的，也是臨時發想的。

　　氣壓變化伴隨著耳鳴，一邊動著下顎吞嚥，一邊螺旋撲下去。飛機在控制下飆至高速，把「駕馭」兩個字發揮得淋漓盡致，像在電影裡，也像在夢境中，延展出一對巨大的鵬翼。待高度掉得差不多，收油、平飛，簡單俐落。要飛機停時，就能乖乖煞停，建立最高程度的信任。由東邊畫至西邊的地平線，也超不出翼尖至翼尖的距離。

　　春末輕巧地跨入初夏，火星衝日，是火星和地球最接近的一天。在一個暖暖的七月天，預訂了一班火星衝日時間的班機，想更接近熒惑。但由於機務調動，班機被提前了半小時。學生提早準備好，我讓他等一等，因為還未到火星最接近地球的時辰。接近起飛的時間，飛去西邊訓練區，向西飛可以再拖延一點點時間，至少先把那多出來的半小時消耗掉。西邊訓練區的丘陵群，一入夜就一片漆黑，遠離市區的燈火。天上幽深，底下樹林幽森，是訓練夜間迷航的理想區域，勇敢蠻橫地向黑夜飛去，再溫柔地把延宕幾億年的星光都收進胸口。

下午三點半的炎夏，機艙在地面的溫度大約攝氏三十五度，只有通風口沒有冷氣設備的小飛機，吹進來的盡是炙熱乾風。我們用最佳爬升空速 75 節，以求盡快爬至 6500 英呎。那個高度是我喜歡的二十三點五度。不久，上空進氣口終於送進清涼空氣。後面的小飛機可沒有那麼幸運，他們要練習迫降。低空溫度約三十度，對本地人而言依然是一個大汗淋漓的高度。

　　上到 6500 英呎處，把進氣口對著鼻腔，吹著舒爽涼風。那層空氣有一種近似於無的鹹味，像非常清新的蘇打水，令講課和聽課的心情都穩定許多。我們練習部分儀表飛行。我讓學生戴上遮蔽視線的眼罩，不讓他參照外界情況，一下模擬姿態儀故障，一下模擬方向儀失靈，學生熟稔地掌控飛機，飛出所有指令，上空氣流相對穩定，儀表指針準確讀出相應數據。

　　訓練順利完畢後，我讓學生繼續戴著遮蔽眼罩，只看飛儀表下降。當落下 4000 英呎，上升氣流一波一波頂撞機身，指針也不穩定地跳動。當降至 2000 英呎，通風口送進來的風變得悶熱。進場時，機速緩慢，地面高溫進入機艙，觸地後轉進滑行道，打開小窗戶，把過塑地圖伸出去，將風導進來。風依然是熱的，但至少空氣流通。

　　欲晴欲雨的天空，雲裡語焉不詳。在不遠處，雲間射下一束像是能被抓住的光，學生說不如飛去那裡看看

吧。天空如幻如影的光影變化，光束像是沒有顏色的彩虹，不停演繹著聚散，遠看就像是天使光。然而，一飛到光束之下，卻十分刺眼。

西邊有一塊玉米田，我最喜歡在上面低空盤旋。夏日的玉米田，被農夫犁成迷宮，讓孩子在千條萬道裡，用一個下午奔跑著找出路。從上空看，玉米迷宮像是畫冊裡的迷宮，能用鉛筆畫出出口。

四周視線很好，只有跑道旁的草地浮著一團濃霧，所以全部班機都取消了。大家都在等那團霧消散，只要一陣稍微強一點點的風便可吹走，偏偏連續兩個小時的風都是輕輕的。湛湛藍天和平滑如絲的好天氣，是放單飛的最好機會，百里萬里內都是瓦藍天空，而學校的所有飛機卻一排排整裝待發在停機坪上曬著，學院的所有飛行員為了一小團霧站在地上呆著。

大夥從停機坪踱來踱去。有位資深教練實在看不下去，這樣的大好天氣被浪費，於是發動引擎至跑道頭嘗試起飛，看看能不能避開那團霧。大夥兒引頸期盼他回報好消息。然而只過了五分鐘，他垂頭喪氣地把飛機滑

行回來停好。原來就算能起飛，霧變濃或位置移動了蓋住跑道上空，飛出去的話，依然有可能回不來。

上機前的「I'M SAFE」檢查，被廣泛應用在很多不同領域。

I 代表 Illness，檢視是否有病痛；M 代表 Medication，即是否有服用不適合執勤的藥物；S 代表 Stress，太大壓力的情形下不適合操控機械；A 代表 Alcohol，上機前十個小時不能飲酒；F 代表 Fatigue，疲累的狀態不適合駕駛；E 代表 Eat，避免空腹上天空，也記得帶一點食物。

我在第一堂課會再三強調「I'M SAFER」，R 代表 Restroom，小小的訓練機是沒有廁所的。

有幾次學生在發動引擎後，才說「不急但有意」去廁所，當對方在掙扎選擇忍耐還是如廁時，我一定毫不猶豫熄掉引擎，幾分鐘可以解決的事情，不值得忍一個多小時。不但難以專心，安全也是疑慮。

曾有學生以為整天不會有排班，因此喝了高蛋白粉和很多水，準備去健身房。怎知那個下午剛好有飛機，臨時被我叫回來。飛之前沒有去廁所。我們飛到訓練區做了幾個 45 度急轉彎練習，學生才央求去廁所。所以我們半途折返，機身因為上升氣流旺盛而震盪很厲害，相信對尿急的人來說一定很為難。

有一次夜航飛到另外兩個城市，最後一段從 Fredericton 機場剛起飛要回蒙克頓，學生說想去廁所，問他需要回 Fredericton 機場小解嗎？他回答可以忍。當時距離目的地還有大約一小時旅程。飛機繼續爬升，我把這段路該講解的講完。其實早發現對方已經無法集中注意力，天上星星異常的多，學生飛前喝了一大杯咖啡，他說他真的很急。

子夜如墨，壓住了千千萬萬的夢，也壓住了他的膀胱。我接手飛機，把油門推到最大，空速表指針在 Vno 的黃色警示區間顫抖著，就快指向 Vne，也就是飛機不允許超越的限速。他說他真的很急。

一路上的參考地標不多，經過幾個熟悉的小鎮和燈塔，終於看到蒙克頓。我要他再撐著點，快可以解脫了。穿過訓練區，很快得到進場指示，塔台沒有發現這架進場的小飛機異常高速。以 Vno 速度進場，拖至跑道頭才減速放翼襟，在差不多快離開跑道的那個滑行道前，一觸地就收起翼襟，踩下安全容忍範圍內最深的煞車。飛機剛好在滑行道出口直接離開跑道，他說他真的很急。

平常這段約一小時二十分鐘的旅程，我們只用了約四十五分鐘就飆回來了。黑暗中的停機坪，依稀可見學生紅著臉夾著腿，一熄掉引擎隨即掀開座艙罩，用從來沒看過的神速衝向簽派處的廁所。內八著一拐一拐奔騰

而去，他說他真的很急。

　　沒有一個生命，可以像左邊那片高淡薄雲那般溫柔，也沒有一個靈魂，可以像右邊那幢閃著電的惡靈黑雲般粗暴。飛機飛在兩類雲中間，靜觀把天空分隔兩半的力量，哪一個力量比較龐大。

　　學生的第一班機，只要飛得夠高，就任由他玩操縱桿，不用擔心失控。第一班機，其他教練通常都當是看風景純聊天，了解彼此背景，彼此個性。但我想學生跨多幾步，所以一開始就要求他們把飛機飛好，直接講解何謂平飛，也就是保持高度、保持速度、保持航向、兩翼與地平線等距。

　　這樣立體的操控，很少有人第一次就做得精準，主因是根本不知道要掃視哪幾個儀表。不過沒關係，這都只是預習，沒有太大壓力。學生上上下下地飛，無法保持高度，對控制飛機還沒有甚麼概念。我放手讓他自己找在天空的感覺。

　　回程進入塔台控管範圍前，我試著聯繫塔台，聽見對方的忙碌對話，卻得不到回應。再呼叫幾次不果，我

把控制權交給學生，好讓自己專心應對當前情況。我讓他平飛定在 2000 英呎，定點轉彎盤旋，不需太大壓力，把剛剛學的實踐出來即可。繼續聯絡塔台無果，我切換不同頻道嘗試與外界聯絡，轉至地面頻道呼叫，依然無人應答；試著與學院頻道對話，沒有人回覆我們；再轉換回訓練區頻道，也是鴉雀無聲。相信是無線電失效了，我們聽得見對方，對方聽不見我們。

在 Shediac 島上盤旋，學生飛得很好，高度和方向都拿捏得很精準，讓我放心嘗試用不同方法求救。在失常情況下，果然可以逼迫出一個人的超高水準，剛才還是個沒理沒路亂飛的初學者，現在卻像是訓練有素的精英，和我同舟共濟處理危急！我們一邊確認無線電的音量正常、確認耳機電線插得穩當、交換了耳機插頭，也拿出沒有訊號的手機，嘗試打電話給塔台。最後實在沒辦法了，天也快黑了，我們把應答機代碼調成 7600，發出第一次的國際求救代碼。很快得到塔台回應，頓時安心許多。此時另一架飛機也嘗試和我們連絡。我們聽見對方聲音，但我們的聲音卻像在夢中一般，怎麼吶喊都無法傳達到對方耳裡。

塔台告知已經清出空域讓我們回去。我們向著跑道方向飛，塔台閃出綠色燈號，代表准許進場，耳機傳來：「如果你聽得見我們，請閃降落燈！」我連續開關

降落燈三次，再左右搖了搖翅膀。塔台說看到了，並發出穩定的綠色燈號，代表降落許可。忽然很喜歡以代號溝通。落地後，塔台說如果方便的話，請打電話給他報告安全。我像是啞巴吃著開心果，在無線電壞掉的這方，訴不盡一肚子的感激。

色彩層疊，綿延到最遠那方糊成灰藍色。在雲間穿梭，一時在陽，一時在陰，繞過雲朵，一個轉彎又有陽光。明明滅滅的光線，是一次又一次的頓悟，也是一次又一次的豁然。

將學生送出去單飛後，很喜歡看著他們三五成群，一人帶一架飛機自己飛出去。一張張青澀和幸運揉在一起的臉龐，他們完成各自的進度，不用纏著我跟他們飛。放手和信任很重要，每一次信任背後，都掛著教練的名字、聲譽甚至前途。教練信任學生，不單是信任他們的能力，更是信任自己的教學能力和判斷眼光。學生通常在前幾次單飛或被推薦去考試前，會忽然降低甚至失去自信。學生愈是喪志，我愈不會插手。因為我對他們有信心。也希望學生們除了有時為自己的平凡而徬徨，也

不忘了為每次的小成小就而驕傲。

　　看著學生表現得如此優秀，願他們能繼續堅強，繼續驕縱。也願他們往後的際遇，都能燦若這夏的繁星，遇到些許能將他們淬練得更堅強的事，遇到一些讓他們更柔軟的情，遇到很多不與他們計較得失的人。

　　在一片藍天底下向著雲鑽進去，像是撞進一堵水霧牆，打開小窗伸手摸雲，手指馬上沾上好多水珠。壯實的厚雲在薄暮斜陽下尚未飽和，卻也承載不少水分，還有用手攔也攔不住的幾哩急風。帶著學生遊走於雲層，一面解說如果萬一誤墮雲朵裡面，不要改變高度，而是用每秒 3 度的速率轉彎一分鐘，就可以 180 度折返飛出雲霧。深陷在厚實柔軟的雲朵，是時間把我們撈了出來，是順風把我們送回機場，是接近暮色十分要我們把今天再想一次。總在飛出雲際之後，恍若隔世。

　　霰，像是早產或是發育不全的雪，冷冽寒涼的空氣，糾結著夏日尚未旭日東昇的凌晨。霧白色的球錐形狀，長著凌亂的刺爪，少了雪花的平衡，搶先墜落天空。酥酥散散的粉晶粉末，從未得到世人讚頌。

　　早晨的霧比海深，微微的風只夠吹來霧，卻吹不散霧。暖霧裡的小水氣遇上冰凍了一整夜的岩石，霧淞爬上岩石，直到日出才逐漸融化。

　　到正午，亮晃晃的日頭，映著天空無瑕無穢的明

澈。百花爭艷的盛夏，像是要把前一季錯過的顏色都補回來，也像是要為今早凌晨霧白色的牽強欲蓋彌彰。

　　日月東升西落，在高緯度地方，面向同一個方位，可以同時看到日落月升。日和月的夾角不超過 45 度。當人類汲汲營營為生活奔波、為瑣事煩擾時，天體仍以真理為軌道，帶著屬於宇宙之外的顏色運行，那是人間煙火到達不了的高度。

　　喜歡看到流星那瞬間的悸動。無論當下處於何種情況，都覺得自己被幸運眷顧著。除非那一刻身邊的人也剛好看見同一顆星體，否則很難分享那稍縱即逝的亮度和色澤，只能獨自將此刻收懷為永恆。

　　比流星難忘的，是那些第一次看到流星的表情。流星用盡生命亦淒亦美地燃燒，彼方殆盡的同時，幻化成身邊一個個初見流星的驚訝與讚嘆。浩瀚宇宙用深邃的共振，傳達給願意仰望的人類，星空之下都是遊園地，很多人事物境不可強求，只許偶然遇見。

里數 2,751—5,000

黎明前的淡灰色是輕透的，午後烏雲下的濃灰色是厭膩的。黃昏時風靜了，天也晴了，對著太陽降落，螺旋槳把陽光剁得一亮一晃。光線被快速切割，切成等分而細碎，像是我每天排的班機，等分而完整了一天的光景。

　　低氣壓從南邊壓上來，早晨用 11 跑道，對著日出起飛。錯以為有很多時間允許翅膀盡情揮霍，但其實只剩下一天時光，接下來一星期都是漫天的雨。起飛後看著慢慢縮小的飛行學院，飛機們稚拙地趴在停機坪上，歪七扭八。

　　螺旋槳劈散很多大大小小的昆蟲，沾滿了蟲子紅的、綠的、青黃色的血漬。血跡乾了黏在槳葉的切面前端，成了低飛萬里路的最好證據。有些比較幸運的蟲子，順著螺旋槳的尾流，乘著風與環繞機身的平滑氣流順勢而過，快速滑過座艙罩上方，向機尾流淌而去。

　　在上跑道前的等候線，等待準備降落的飛機落地。小飛機在眼前飄至跑道頭，才剛觸地，強勁的迎頭風又把它捧上天，像振翅容易但落地難的雛雁，身不由己地撲回跑道。液壓系統將剎車餅尖銳地鉗住輪子，輪胎皮在炙熱的跑道上磨去了一大塊，如此大的落地力道和急促剎車，把幾千磅的重量落在跑道上，把機輪的紋路磨淡了，同時把老教練的皺紋劃更深了。

河流為甚麼要轉彎？其實河流也不願意轉彎，是身邊的環境，是它流過的地方，遇到的硬岩壁和軟泥沼，把它形塑成日漸不同的模樣。而它憑著凝聚的力量，把大地刻畫出一條條深淺不一的紋理。

利用河水運送木材，木材順著河流走，繪出水流具體的流向。然而在河流轉彎處稍微亂了，七橫八豎地積在河水放緩之處。

把機體對準跑道，機頭帶向風的方向，與跑道中心線形成一個偏角，以歪斜姿態靠近跑道。「Airspeed! Centerline! Airspeed! Centerline!」我不斷重複。風比預期強勁，我們加快進場速度，與風對抗。強勁的逆風讓小飛機彷彿直昇機一樣，定在原地不動，地速只有每小時二十公里左右。延遲放翼襟以增加一些向前的衝力，但進場速度還是太慢。靠近跑道頭之前，撥了兩下電動翼襟的按鍵，飛機速度明顯放了更慢，機頭向下提供了更好的視野，放下四十五度翼襟抓實了風，也抓穩了機身，盡量減少擺動。

側風太強勁時，在機體對準跑道後，側滑（side slip）一邊機翼向著風偏，踩反方向的舵保持機頭對正跑道。機身和相對氣流呈現一個夾角，交叉控制的程度視側風的強弱而定。控制油門在對抗預期之外的陣風與降低高度之間，以傾斜角度慢慢靠近降落目標點，再用迎風面

的機輪單邊先觸地，多次少量的推送操縱桿，避免忽如其來的側風把迎風面的翅膀掀起來。

上升氣流的浮力使得飛機降不下去，一直在約 10 英呎的高度托著機身。那是一個要飛機降下去，卻重力不夠又升力不足的尷尬狀態。上升熱力不願意放過小飛機，加上在地面效應（ground effect）範圍內減少了阻力，變向增加升力，很容易錯過降落目標點 1000 英呎跑道標誌。此時太陽換了角度，熨燙在臉頰上。

誰沒試過幾次荒腔走板的落地，即便是再有經驗的飛行員，也偶有不盡理想甚至失常的表現。每一次落地都是獨特的經驗，承載重量不一樣、風向和風速的變化不一樣、跑道乾濕狀況不一樣、氣溫氣壓不一樣、光線和視野不一樣、身心壓力狀況不一樣、幸運程度也不一樣。

很想念那個不怕錯的自己，那份魯莽但又不怕改過的勇敢。然而開始帶飛後，這份魯莽必須磨去，取而代之的是小心再小心。有位機長曾經說，飛行員一坐進駕駛艙，就是可能犯錯的開始。

Mixture idle cut off 逐步將引擎斷油，停止供燃油至引擎。引擎會繼續運轉，直到把剩餘的燃油都燃燒殆盡。螺旋槳放慢速度，再轉幾圈就停止運作，轉軸發出幾聲「兀兀兀」，令人很滿足，像是酒足飯飽的午後就地小憩。引擎熄火，扭下鑰匙，一班機又完成了，胸腔和心神都放鬆了。

主修不同科目的學生，來自四海八方，把終身志業定錨在駕駛艙裡。大部分學生還沒大學畢業，還沒定型，是剛好經得起迷惘的年紀。有幸的是他們不必要再迷惘了，直接被壓進飛行員的模具裡，以無數的考核和紮實的飛行時數，塑成一個飛行員的雛形。

一批本地新生剛入學，像注入了新血。他們穿上新制服，制服上還有在倉庫不知道壓了多久的皺摺壓痕。另一批本地生剛考完私人飛行執照，肩膀剛別上第一條槓，意氣風發。我晃去幽暗的機庫，在機腹下或引擎蓋旁，總有形單影隻的維修人員，他們很樂意分享正在進行甚麼維修，或是這架飛機剛剛遇到甚麼問題。

回到教練休息室，同事們從冰庫拿出冰棒，那是學院提供用來消暑的色素冰條。從沒見過紅色果肉的蘋果、黃色果肉的檸檬、紫色果肉的葡萄。唯一對得上果肉顏色，是橘子口味的螢光橘子色，但味道太乖離。

打開冷凍庫，凝結的霧氣傾瀉而出。教練們一邊罵

著暑氣逼人，一邊智力退化成孩提時代，選擇記憶中喜愛的水果口味。我拿出紫色的，貪它那短暫的零下溫度。風流未必雲散，還要看上升氣流的臉色。上了飛機，正中午的燦陽，把前方照成刺眼的燦白。烈陽穿透過座艙罩，直曬在臉頰，臉頰又發熱又發紅。

起飛後以 15 度角往上攀升，無論是晴天還是烏雲壓頂，都給人一種茫茫然的感覺。只能看見天空和轉得快得看不見的螺旋槳。強勁的陽光穿透墨鏡曬著眼睛，烘著眼窩，眨眼之際眼皮熱熱的，熱能穿透過瞳孔直達腦門。手中的紫色冰條早就融化了，成了一條紫色藥水。

花艷了又謝，樹榮了又枯。湖隨時在變色，春天印上天高雲淡，夏天披上地衣的藻褐綠，秋天通透得可以見到湖底石脈，冬天則蓋上深淺不一的素白。

清晨有時煙霧籠罩，日出後霧散轉為粼粼波光，日落前一湖一湖淡金色的。任憑夕陽再斜，湖水也拉不出自己的影子。到夜裡池湖就黑了，偶而剛好印一個滿月。安靜無聲的湖，沒有一刻顏色是一樣的。

機艙人體力學研究一直是航空業的重點，以求給機

組人員最舒適的環境。儀表板向前推及向上挪了幾寸，同樣的表體面積，卻給了長手長腳的加拿大人更多的活動空間。座椅設計也從舊式直椅背，改良成稍微傾斜弧度，長程飛行時更舒適。座椅的硬底座，雖然鋪上羊毛或真皮，仍然不足以抵抗亂流衝擊和引擎震盪。

對於少數矮個子如我，要在座墊和靠背，墊上更厚的墊子來改善視線，好處是間接減低衝擊和震盪。而大部分高個子教練，沒有座墊作為緩衝，直接坐在堅硬的座椅上對抗亂流和震盪，飛了一整天，常常有人高馬大的教練歪斜著扶著腰，喊著腰骨痠痛，喊著肌肉僵硬。

在進入跑道前的等待線，塔台告知我們有幾架飛機正排隊降落。看來要等待一段時間才輪到我們起飛。不如利用零碎的時間，講解無線電控制介面，示範如何調頻率、接收敏感度及音量。再讓學生動手試試，調整到舒服的收聽模式。

過了一小段時間，怎麼耳機還這麼安靜？幾架飛機都降落了，怎麼塔台還沒有給予我們起飛指示？正納悶時，一架甫降落、滑出跑道的飛機滑至我們旁邊，裡面的同事比手畫腳，又指著耳機，示意塔台無法聯繫我們。我看一眼無線電的控制介面，才恍然大悟，音量位置怎麼被學生調到最小了？難怪聽不到塔台呼叫，趕緊把音量調大，跟塔台道歉。但為時已晚，塔台已經生氣了，

認為我們的無線電有問題，要我們折返回學院，取消起飛許可。

懊惱著將飛機 180 度原地折返時，發現後面塞著好幾架飛機，裡面的教練同事咧嘴訕笑。休息時和其他教練討論，原來他們也常遇到學生意外關掉無線電音量的情況，或學生意外調走頻率的窘境。還好我這次是發生在起飛前。同事們有好幾次是發生在空中，音量被學生轉到最小，完全聽不見聲音，還以為是無線電失效。教練的職責是把全局顧好，時時刻刻留意學生對飛機做了甚麼，即便短暫分神都不可能。

扭動鑰匙發動引擎，扭醒了一整個世界的夢。汽缸和活塞在防火牆另一端，熟稔地把空氣和燃油攪拌在一起。一整個停機坪，此起彼落地響起螺旋槳的傳動聲，絲毫不顧天也還沒亮。小鎮凍結了一個晚上的寒冷，在朝陽暖意拂過時，封上一層薄霧紗，暖著每頂屋簷，在週末清晨蓋上一席薄被，無需太早醒來。

在太陽完全升起前，低空飛過被凝結霧蓋住的河流。凝結霧誠實地曝露出河的支流和紋理，不沾一點上

陸地。河水經過一夜寒冷，在凌晨達到最低溫。日出後的溫暖空氣經過冰冷的水面，薄霧就像一層白紗般披在水上。從上游披至下游，披在湖泊上，披在海岸邊，在日照直射之前，沉煙都會這樣溫潤地呵護著柔水。

越過溯和潤，飛出綿延的山脊和谷，低飛至平原地區，巡著鐵道飛。金色頭髮帶有褐色雀斑的轉學生，緊握操縱桿過度使用蠻力，上下左右不停搖擺飛機。我要他試著只用三根手指的指腹，放鬆手臂力道，改用手腕施力，然而他對於握操縱桿的新手勢有點不知所措，甚至有點抗拒。

此時下方剛好有一列火車經過，我提出不如我們不要執著於如何握操縱桿，而是試著定在 1000 英呎的高度，追著載滿馬匹火車的最後一節車廂，火車轉彎時我們跟著轉彎，火車進站我們就原地盤旋。

追到天差不多暗了，我誇獎他高度保持得很好，連轉彎或盤旋時高度都沒有誤差，姿態平穩緊追著火車尾不放，最後才點出其實他只用了三根手指的指腹，把這段飛得真好！至此之後，他不再用之前握實蠻力過度控制操縱桿，也停止了上下左右不停搖擺飛機。金色的夕陽和他金色的頭髮相呼應，應在一日之末，短短的黃昏，矯正了一個大大的壞習慣。

一個小鎮要等待幾個黃昏，才能等到一班載滿馬

匹的火車？追上火車頭，伏在第一節車廂上與之等速，待超出訓練區範圍太多，才收慢油門，讓火車超前。一列一列車廂從機腹下拉過，直到最後一節車廂隱沒在遠方，徒留比軌道還長的悠嘆。

　　下降高度至郊區民宅，小房舍後院的草皮上，自動灑水系統噴出水霧，在陽光折射下，映出斑斕的七種透明顏色。每家人的後院，都有一片小彩虹。

　　小飛機輕易追上每一類船隻，但船離岸太遠就追不到了。身為一架單引擎小飛機在水域上遊蕩，必須時時在心中有個高度數字，以確保引擎忽然停止運作，得以用 11:1 的高度和距離比例，滑翔回岸邊迫降。沿著海岸線 500 英呎低飛，在沙灘曬太陽的人們跟我們揮手。海上一點一點的帆船影子，及時行樂和享受生活，是當地人當下最重要的事情。

　　尖峰時刻，雙向道塞車，我把飛機定在主要道路上空 2000 英呎處，試圖找出塞車的癥結。車塞在道路尾端左轉上橋處，再塞上了橋，再繼續塞至另外兩個小鎮。尖峰時刻最暢通的，只有橋下江河。江河在出海口附近

慢下來，清淺的海水，可以看見山脈，一脈一脈地延伸進更深的海洋。

　　嚴格保持方向和高度，一時和一些許的偏差，短時間是差別不大，即使差了一段路，在下一個目標參考點飛回正軌即可，但是前提要有「已經偏差了」並盡快改正的意識。然而，若讓高度和方向都長期偏離，通常沒有「已經偏差了」的警覺。所以通常在越野飛行（cross country flight）的第一段，我會一直不斷執著於高度和方向，在高度偏差了 50 英呎、方向偏了 5 度，或是學生過一段時間沒有調校方向儀，我都要像一個特意找麻煩的討厭姑婆，不停刁難和剝奪他們第一次飛去其它機場的樂趣，用執照標準再縮緊一半的要求來拘束他們。「差之毫釐、失之千里」這種以時間做見證的真理，將時間具象化，在越野飛行中明顯可以體現出來。

　　南邊的訓練區，有一潭撈也撈不起，戳也戳不破的水潭。鎮和鎮之間，有徑也有路，我陷在褐色皮質座椅，把飛機飛向更高的高度，釐清山的脈絡，疏理河之去向。大地上的沉浮，都有一個秩序，唯一壅塞的只有人的思路。餘下的日光，落沉進山巒的心軟處。

　　夜黑得很恍惚。何處煙花，何處塵霾。像毛蟲之於花蝶，像碳之於鑽石，其實煙花何嘗不是塵霾？在夜的盡頭，海和地平線沒有交界，很難分清生活和夢的邊界。

一個無星無月無風又四下無人的夜航，螺旋槳聲在夜空迴蕩，機場旋轉的靚白色探照燈，在早已熟睡的城市守著。最不願熟睡的是跑道前端閃爍的漸進燈，義無反顧且毫無保留地大肆歡迎飛機落地，彷彿對這諾大的夜空招攬著，興高采烈地喊道：「在這裡！在這裡！」在好幾次機場被即將到來的惡劣天候彌封起來的為難之中，我也是靠著閃亮亮的漸進燈，找到降落跑道的輪廓。

　　除了夜半機場閃爍的白燈，蒙克頓在夏夜鋪上了藤黃色的燈，萬家燈火和路燈都是差不多色系的暖橙色。

　　海被月光填上了靛色和波光，夜裡沒有月光就沒有海洋。漁船幫海點畫上地平線，有時候漁火和星星混合在一起，有時候是漁船飛上了天邊，有時候是星星沉入了水面。

　　夏末的農地，是一格格大小不一且色彩豐富的四邊形。淺青色、米黃色、幽墨綠、橘褐色、杏白色、深紫色，綿密地鋪排在河水旁，一直向內陸綿延過去。

　　其實我曾經很抗拒當飛行教練。剛開始時，只是把教練工作當成進不了航空公司的後路和墊腳石。我的喉

嚨真是太弱了，即便聊天時間不長，喉嚨都會很痛。更別説在飯氣攻心的陰雨午後，或是晚餐後昏昏欲睡還要回學院連續講三至五小時的課，喉嚨更是屢次受傷。因此學生的反饋，是這個亞洲女教練好冷漠，很少説與課程無關的話題，上課也只講關鍵字。不是我惜字如金，而是真的力不從心。飛一班機下來，很耗費體力精神。有時甚至臉上掛不住笑容，但看到學生認真的樣子，心裡還是暖暖的。

　　一個巨大強勢的高氣壓座落在整個省份上空。天空每天都不一樣深，不一樣藍。唯一能度量天空深度的，好像只剩下高層冰捲雲。那是日出時最先被照亮的高空冰晶，是日落後最後才黯去的雲彩。又薄又透的冰捲雲，在海上留不下陰，在地面印不出影。

　　雖然是高空的冰晶固體，但只要凝視得夠久，便可以看見液態稀薄緩慢的流動形態。

　　沒有風的日子，接近地面的空氣水平流動是黏膩的。學院門口的坡谷低陷處，有整整兩天都散不去的臭鼬味。每次經過校門，那驅之不散的腥味直攻中樞神經系統。停滯的不只是高壓下的空氣和臭鼬被冒犯後的憤怒，停擺的還有學院的飛行。

　　油槽維修，飛機不能加燃油。朗朗藍天下，停機坪鋪滿飛機。飛機太多不夠停放，一部分飛機被拖至旁邊

綠油油的草地上。輪子下，壓黃了透不到氣的草，也壓著教練們坐望藍天的哀嘆。

有一架飛機太久沒飛，蜜蜂在進氣口築了一個拳頭般大的蜂巢。幾位教練穿戴好自製護具，合力把蜂巢摘下來，確定裡面沒有蜜蜂和蜜糖後，惡作劇地把完整的蜂巢放進女教練妮可的置物櫃裡。

高氣壓持續了一個星期，天氣圖上慢慢被兩邊的低氣壓擠出一個高壓脊。隨著氣壓緩慢遞減，脊線愈趨明顯。天空依然清朗，卻依稀透露約三至五天後，天雨欲來的前兆。油槽尚未修好，妮可這幾天也沒來上班，還沒有發現置物櫃裡的小禮物。

高壓脊壓出一個脊尖，低氣壓五天後如期而至。凌晨收到管理層通知，指油槽提早完修，飛機可以加油了！管理層要求教練們在低氣壓壓進來之前，盡快準備上天空。我和學生一起把飛機從草叢裡拖出來，踩了一腳花露。

小鎮凍結了一晚的寒意。氣壓梯度線趨向密集，在風起雲湧前只完成兩班訓練區的班機。破雲塊慢慢降至1000多英呎，開始飄毛毛細雨。肉眼的天氣狀況比預報理想，因此決定臨時通知三位需要飛機場迴線的學生，在間間斷斷的細雨中把飛機備好。

躲著雲塊在天氣許可的邊緣，硬是再完成三班機場

迴線。氣壓又更低了，朦灰色的雨模糊了視線，幾乎看不見跑道。雨點開始變大，雨絲、雨線、雨下成一片又一片。整個座艙罩外是一片潮濕的顏色。把飛機降下，拖回原本的草地上，停機坪的其它飛機都依然原封不動。管理層不能理解為何臨時修好油槽和隨之壓境的壞天氣下，還能在夾縫中完成五班機？我誠實地功歸於學生，是他們時刻待命，一有機會便隨時能飛出去。

還記得離開舊東家航空公司 flight control operation officer 崗位那天，總領導問我，如果有一天，公司二副機師策劃項目又可行了，願不願意回來？我誠懇又感激地告訴他：「我之所以去了這麼遠的地方，就是希望有一天能回到這裡。」

皮質封面的黑色飛行紀錄本，記載一位航空從業人員牢不可破的歷史，和紮紮實實的青春。一個晚上，寵物龍貓趁黑夜逃出籠子，到處遊蕩探險，牠沒有破壞其它物件，卻情有獨鍾選擇抱著飛行紀錄本的外殼細細啃咬，把封面側邊的皮質鑲上了一道道咬痕。此後每次面試，都要解釋為何這份正式文件會如此殘破不堪。

一天早晨，收到舊東家航空公司機長的訊息，得知公司二副機師培訓策劃項目曙光再現。我準備好報名文件、填妥一張又一張的民航局表格、反覆演練人資部的考題、背熟曾經飛過的所有機種數據、熟讀空中巴士320機型的資料、用整整一個月的薪水租借模擬機兩小時反覆練習，跟學院請了四天的假，買了機票從蒙克頓趕往香港，返家的日子愈來愈清楚。

　　考核過程非常順利，在模擬機裡，訓練機長對我的整體表現很滿意。我心想，所走的路終究沒有被辜負。模擬機考核接近尾聲，離開機艙前，訓練機長要我試試坐在右座，伸手看看能不能搆著左上方 FLT CTL ELEC 1 的按鍵。

　　每次小飛機飛特技前，都會要求學生把安全帶繫在盆骨上並扣到最緊，平常即便是好天氣下的平飛，都要養成把安全帶扣到最緊的好習慣，因為晴空亂流很難預測。所以當時進入模擬機考核，如常把安全帶扣到最緊。整個人深陷在座椅裡，伸手觸碰 FLT CTL ELEC 1 按鍵時，竟差了小小一指節。距離之短，只要座椅調高一點，或是稍微蹬一下腿，甚至是安全帶稍微調鬆一點點，就絕對可以按到。

　　出了模擬機後，坐進面試辦公室，訓練機長說我全部表現都很優秀，但面色凝重地說明我的身高是很大阻

礙。他淡淡的幾個字，像是瞬間霹下的閃電，把整片天斬裂成兩半。

若是要考一張執照、或是到哪個國家完成一份筆試、或要前往哪個城市獲取甚麼資格、或是上天空補足特定項目的小時數，我都會毫不猶豫去做。但是身高不足或是手不夠長，那不是等於在這間航空公司的 320 機種永永遠遠宣判死刑，永無翻身之日嗎？

走出辦公室，腦中一片空白，行屍走肉般離開航空公司，進入地鐵站。這個死刑來得太突然。如果當時把座椅調高一點，或安全帶放鬆一些，結果是否不一樣？想到此就再也按耐不住眼淚，大庭廣眾下在餐廳不顧形象地崩潰大哭。

兩天後再回到蒙克頓，被問及山長水遠往返香港，何不多停留幾天？其實是心中放不下學生，擔心他們跟其他教練學壞了，又擔心他們遭其他教練冷落，不給安排班飛，也擔心等到我回去他們的手感都生疏了。

理一理情緒，寫了封電子郵件給訓練機長，謝謝他空出時間與我面試，同時說明在模擬機裡，未能觸及那個按鍵的原因和改善辦法，最後強調只要再給我一次機會，我願意再回香港，證明我能按得到那個 FLT CTL ELEC 1 按鍵！垂死掙扎只為了再求一個可能，動之以情、曉之以理，就是不甘心付出了這麼多，卻被質疑。

回到蒙克頓，一下飛機就收到訓練機長的回覆，說願意再給我一次 reaching test 機會。心安了一點後，感覺稍微踏實，便把心思放回教學。刻意不去想何時可以被航空公司徵召回去，反正時間到了自然會有通知。

期間有熱心的朋友，從人事部打聽到我的名字在入選名單上，單單知道此，便已經滿足。豈知其後又收到通知，二副機師策劃項目因種種因素，又一次胎死腹中，開課無望。

那是一個剛剛下完滂沱大雨的午後，遠方還沒散去的厚雲都是腥的。眾多飛機們在等待線上，迫不及待地排隊起飛。我也在列隊中等待，腦中嗡嗡作響：「不能回家了！」心臟好像被捨棄在眼前濕滑的跑道上，被一架又一架飛機的機輪輾壓後，棄之不顧。

這是最疼痛也是最不疼痛的一次。最疼痛是因為離機會實在太近，付出實在太多。最不疼痛是因為對失敗和失望已經有了受挫力和復原力。在每條行不通的路上，一次次地茁壯，闖過很多以為闖不過的關，過了很多以為過不去的坎，打開了一扇又一扇以為打不開的門。這次路上，看見身邊學生如雛鳥般奮力的模樣，忽然發現原來自己已經走了這麼遠，沒有不繼續勇敢的理由。

塔台給出起飛指示，學生滑行至跑道上，原本說好給他起飛，但我把控制權拿過來，因為忽然好想推油門，

忽然好想拉操縱桿，忽然好想確認還有一些可以掌握在手中的東西。「At least 2000RPM, engine Ts and Ps in the green, airspeed is alive.」空速隨著推上的油門而遞增，拉起機頭慢慢爬升，把情緒放在地上，把剛才被一架又一架飛機機輪碾過的心臟撿回來。離地後把控制權交給學生，任憑身心在空中輕輕懸宕。

只是無論白天如何勇敢，在天空如何坦然，到了晚上，「不能回家了！」的憾恨還是不斷縈繞在腦中，那晚剛好又夜雨淒然，像是個幫腔，哭訴不盡下一步的模糊不清。

雲聚在不遠處的小鎮上，一盆一盆的午後雷陣雨，傾在西邊那個城裡。小飛機飛在雲雨不遠處的藍天，好想告訴小城裡淋著雨的人，其實藍天就在他們身邊。

飛了兩班機後，天空忽然猛地打雷，樹梢上嫩青色的新芽，被亂哄哄地鞭撻。雨天是做簡報的好日子，整整八小時排滿簡報課程，學生此起彼落埋頭抄寫筆記，不時抬起頭，像是各有進度的蛙式練習，節奏不一地抄寫再換氣，直到下課。

教學時，雖然有時會力不從心，懷疑講了數小時，學生實則聽進去多少？之後探聽，發現他們原來在亞洲國內大學本科已經學得很專精，其教授甚至包括了當時儀表陀螺儀的發明人，理論知識甚至比有好幾年教學經驗的教練還通透。得知這層背景後，我也跟著調整工作心態。原以為教學對象如我當初一樣，白紙一張，但原來他們在航空領域早就學有所長，有了更多的了解，就更容易做出教學進度的安排。

　　教學時，我不再以「傳授」者身分自居，而是「分享」者，也希望學生不是一味接受，而是對等交流。只是怎麼我每次講基本課程時，他們都像是第一次聽，眨著一對對無辜眼睛，再乖巧地點頭，好像從來沒有學過一樣？

　　反觀本地自訓學生，沒幾個有硬實力，倒是侃侃而談，好像學過很多。每次想到這裡，都鎖在眉間，痛在心上，亞洲人引以為傲的謙遜和尊師重道，到底在西方社會吃了多少悶虧！飛在 5000 英呎的海岸，海水漲潮漲到我的心口。

　　天空斂起藍色，瞬間變成烏膩深灰。

　　飛機在亂流裡盪著，這樣的學習環境令人抗拒又渴望。雨後那令人厭膩的臭氧氣味透過進氣口灌進機艙內，目測天氣不甚理想。前方雲湧掀騰，北方厚實的雲層壓很低。天氣預報雲層會在好天氣和壞天氣間游離，

大部分教練都將班機取消了。

　　我望向南邊空域，一束陽光射穿雲朵，代表南邊天空的雲層有一個洞。我們只需要一個洞就可以鑽上去做 spin 和 spiral dive 的複習。我要學生加快腳步，務必在那個洞閉合起來前飛上去。很慶幸我們出發了，一離開機場空域，雲洞慢慢擴大，濃雲漸漸散開，照進一束又一束的光線。

　　烏雲順著南風向北推進，聚攏在機場上空。以風勢判斷，完成一小時訓練後機場會放晴。我透過無線電向簽派處回報自己的天氣觀察和預測，希望大家不要浪費即將可能放晴的美好陽光。愈向南邊飛，雲層似乎愈來愈高，無線電靜默。我再一次向學院回報更南邊可能會有的好天氣。二十分鐘後，無線電傳來一眾教練出發飛向我們所在的空域。

　　南邊空域很大，但同一時間有九架飛機一起過來，也略顯擁擠。我們相互商量所在位置，我保持在河南邊 5000 英呎以上、他保持在河北邊 3000 英呎以下、她留在公路西邊 4000 英呎以上、他不會超過電纜線東邊 6000 英呎以下。當大家井水有可能犯到河水的情況下，盡量禮讓磋商。原本獨霸整個領空，一瞬間繁忙起來，本來鴉雀無聲的無線電，也變得紛紛嚷嚷。學生熟練地把該做的項目複習完，我們便先打道回府。回機場的路

上，又有三架飛機衝出來，目的地也是南邊這塊稀有的好天氣。

萬物至仲夏皆盛，空氣流動亦是如此。除了每天午後雷陣雨，有一個下午，機場彼端天空出現了一個螺旋單體，也就是龍捲風的雛形。一群人在停機坪上觀望，既興奮又恐懼。靜待這個不曾出現的造訪者，以及傳說中它可能帶來的災害。

風雲變幻，上層的和下層的風，走勢完全相反，上層雲塊往北邊走，下層雲塊向南邊跑。初始螺旋慢慢成熟，風勢逐漸變強，大家討論著如果它越過跑道靠過來，大夥就躲進最近的維修機庫避難。維修人員也加入觀察超級單體的熱鬧裡，手上把玩著油門的蝴蝶閥。螺旋單體向愈來愈低的高度進發，只是騷動但無意破壞，低氣壓形成的龍尾在低空拖曳著。即使不留任何痕跡，也要留下曾經造訪的證據。

從低空看小房屋搭建的過程很有趣。飛去市郊公園旁的大型社區，有好幾個零散坑洞，挖掘深淺不一的地基。當發現有哪一個地基開始動工搭蓋木樁，我就會每天飛去上空監工，瞧瞧每個坑洞的進度。工地逐步完成地下室和樓梯，看著他們搭建一石一木，工地旁的建材砌成一磚一瓦，慢慢有小別墅的雛形。封上屋頂、砌上煙囪，一幢又一幢小房子成形了，一個夏天也過了。

里數 5,001－7,500

春燕去，秋雁來，一人字邊的雁影向南。山寒水冷的那方，是誰的天涯和誰的邊疆。若不是心中還有航空法，真按耐不住想往湖心空投個甚麼都好，看看一方湖水是不是還沒凝固；若不是心中還有航空法，小飛機會無數次俯衝向尖頂教堂，讓那些排列間距整齊的鴿子振翅騰起。

　　側風約 15 節，放下翼襟，翼襟咬著風，阻力增加，把機翼導向風的方向，踩反方向的舵，演示一次側滑（side slip）進場。機鼻是直的，飛機的行經路徑也是直的，但整個機身卻歪歪偏偏，用歪斜姿勢進場，對抗側風，努力不被吹離跑道中心線。在落地前，把舵踩正，避免側風把迎風邊的機翼掀開，讓上風邊的機輪先落地，接著讓下風邊的機輪落地，最後才讓機鼻輪子落地，井然有序，把整個觸地程序慢動作分解。

　　數著大江大河無數個彎道，它們任性地沖刷和堆積，過幾天便會變成牛軛湖。那通常發生在旱季後，秋季來臨前的某一天。比起仰望，還是偏愛俯瞰，俯瞰摩天大樓，俯瞰彩霞，俯瞰煙火，從居高臨下的視角得到滿足，同時細細感受小腿脛骨和後腳筋隱約的酸軟惬懷。以鷹眼視角俯瞰大地，模仿鷹的姿態在高空翱翔，還好還有螺旋槳的轉動聲，提醒我只是人類。

　　越野飛行前，先打電話給航管中心申報飛行計劃，

以及詢問天氣狀況。電話那端的工作人員，熱誠且鉅細靡遺地給予天氣簡報。天候良好時，一次有好幾架飛機都要進行越野飛行，簡報人員就需要重複好幾次天氣簡報。

沒有月光的夜晚，火星熒惑，銀河特別深。數著北斗七星，還有多到來不及許願的流星。飛機在煙火上方盤旋，煙花在機翼下綻放又散盡。血月剛從地平線升起，算準時間在海的盡頭等候月亮。黑暗中，焦點都屬於光芒，不同亮度不同顏色的發光體，構築了幽幽又不甚立體的視線。

簡報人員只會白描和轉述天氣狀況，不會作出任何操作上的判斷，主飛者必須評判情況，為整個飛行活動負責。「作決策」是培訓飛行員最難也最沒有準則的一環，依情境而定，以形勢而行，自由度很大，但對錯誤的容忍空間非常狹小。

河流在流入大海前，先流向了天邊，在遠方的天空，與地平線相遇，或是傾瀉下地球的另一端。另一端太遙遠，遙遠到手中的目視飛行圖都畫不出來。

學生即將進行 300 海哩以上的長距離越野飛行，那是好幾張目視飛行圖之外的距離，我知道他們有足夠的應變能力，去從未去過的遠方。

吃飽喝足再帶一點食物，為飛機加滿燃油，再帶一

罐機油就上路。從天亮飛到天黑，或從天黑飛到天亮，路程中有許多不可測的變因和天氣狀況。天氣暖時，可以趴在機翼上看星空，天氣冷時，別忘了多帶件衣服。

去陌生的地方填飽肚子，去從未去過的油站為飛機加油，為自己在地上找路，也在天上找路，去完成如一世那麼長情的 300 海哩越野。

還在目視飛行階段，尚未正式進入儀表飛行前，要跟著地面公路那條白色雙線飛，而不是 GPS 計算出來的粉紅線。在沒有足夠的儀表經驗前，很難判斷 GPS 計算出來的路徑是否正確。機器只能計算點對點的最高性能距離，卻有可能把飛機帶進暴風、厚雲、軍事禁區或是超出滑翔範圍的海面。

好好把握所有飛行時間，在躁動的年紀，在喧鬧且充滿誘惑的環境，難得有一段可以待在空中的時光。當黑夜封緘了荒原，一個人等到繁星滿天，一個人撥雲見日，沒有訊號的郊野，沒有觀眾的日夜，是對自己誠實的最好時候，飛慢了光，也飛慢了陰。那是近乎靜觀內在小我的時候，因為那個小我，會在一望無際的原野前，伴著源遠流長的大河，而縮得更小。去那些比河還遠，比山還高的地方看看，飛慢了歲，也飛慢了月。在無人可依的天地間一直前進，然後把自己和飛機，完完整整帶回本場。所有的煩憂、偽裝、顧慮都可以暫時擱在

地上。

　　我飛過兩次越野長征，兩次皆從蒙克頓出發，一次去蒙特婁，一次去多倫多。那十幾個小時是最印象深刻的旅程，這些用性命去實踐的回憶，是用甚麼也不願意交換的。這趟旅程從踏上飛機開始，由自己作主，一路上遇到的所有大小危急和冒險，都成就了自己小小的偉大英雄。所有可以發洩出來或者往心裡收埋的恐懼，都是很個人的，都是在那個年紀很了不起的經歷。

　　希望學生可以飛出自己的遠探，千萬不要為了應付執照的最低要求，跟著 GPS 粉紅色直達線，草草率率飛完這一班機。外面可是有很多人，願意用所擁有的一切，換取一次上天空的機會。

　　每次學生回來，我興高采烈地問他們旅途如何。他們都是一臉疲憊。長時間飛行，當然是一臉疲憊。我希望他們都有講不完的故事，即便他們總有一天會明白，世界上沒有一個人可以全然聽他們說完一個故事後，感同身受他們當時的處境。無論是生活還是事業，有些羊腸小徑，窄的只能容納一個人前行。

用機腹走雲，在渾厚的雲體前，安詳且危險。我是如此單薄，沒將甚麼貴重的身外物帶上天空，此刻的我一無所有，卻沒有任何惦念，如此滿足。所有過去都可以被推翻，好像那些失去的、得不到的，都不會難過，都不足以惋惜。若這幢雲永不消失，我願意圍著它盤繞，直到天荒地老。

　　生命太受限，所以要更廣闊地去探索，走出狹小的眼界，和一而再、再而三的重蹈覆徹，去看看世界蘊含多少溫厚和苛薄。每一次起飛，都能俯瞰大地的醜陋和美麗，都會發現地平線不曾變短，變短的都是尚未達成目標的生命。

　　在 DA20-C1 訓練機可以到達的地方，都是大自然生成的，或蜿蜒或尖銳的線條，都與天地合而為一。不停地飛，風景就會源源不斷地流淌，所有顏色都參了少許灰色，只有參一點點灰色的顏色才最耐看。

　　醜陋的都是人造的，像是把大地的五臟六腑一塊塊翻出來的礦石工場、一條條僵硬直線的電纜、正圓形的蓄水池、平行四邊形的發電廠、正五角形星體線條的軍事堡壘，在蜿蜒河畔旁邊，對比之下，怎麼看都太牽強。高塔漆上飽和的螢光橘色也太過招搖，成了整片大地最刺眼的一根針。終於有了灰色，是工業城鎮放出的嘔心濃灰煙，一星期七天二十四小時無間斷噴煙的煙囱頂

端，漆上的警示又是過於飽和的正紅色。

　　相信在鳥兒眼中，還有一樣很醜陋也很難理解的東西，就是那些發出噪音的飛機。那線條和顏色都不會是它們喜歡的。每個零件和坐在裡面的人類也不屬於天空，但人類就是如此逆天。

　　輕型小飛機，空氣和燃油的最佳燃燒比例是 14:1，即 14 磅空氣對 1 磅燃油。到達巡航高度，上方空氣比較稀薄，需要的燃油相對較少。我們把空氣和燃油的比例拉高（lean），排氣溫度逐漸上升，幫學院減少一點燃油開支，也為環境盡一分綿力。

　　下降前，最重要的事情是把空氣和燃油比例推低（enrich the mixture），低空的空氣密度大，需要的燃油增加，將油氣混合閥（mixture）向前推，確保有足夠的燃油進入汽缸燃燒。

　　有一位學生總是在下降高度前忘記這個動作，即便跟著檢查單也選擇性略過。我屢次提醒他，如果忘記這個步驟，後果不堪設想，汽缸不夠燃油燃燒，會導致引擎停止運轉。但他總是粗心，總是忘記。教練不可能一直在旁提醒，所以我決定言教不如身教，咱們經歷一次，好過我一而再、再而三的好言相勸。

　　又在一個下降前的忙碌情境，要找機場位置、收聽天氣報告、判斷進場方向、無線電溝通其它飛機安排

等。在陌生空域一心多用，他又忘記把油氣混合閥推向前了！接近機場空域，收了油門，飛機開始降低高度，我把其它檢查做好，就一直等待。不是等待他忽然發現忽略了這個步驟，而是在等待機械何時給我們教訓。

隨著高度遞減，減少了冷的燃油降溫，廢氣排放溫度（EGT）逐漸升溫，我指了指儀表，提醒他提高警覺。但他依然被其它程序和無線電通話佔滿思緒，無暇顧及我的提示。

高度繼續下降，我繼續等待。四周溫度偏低，空氣的密度偏高，需要更多燃油去配合，引擎表現一直很好，但看著逐漸攀升的廢氣溫度指針，我的心跳和怒火也不斷加劇。我把左手放在距離油氣混合閥最近的位置，確保必要時，能在最短時間握上那個紅色大頭拉桿，慢慢推進，一定要慢慢推。我默默提醒自己。

下降至約 1500 英呎，學生把該做的都做好，最重要的還是沒做到，便醉心於看著窗外跑道，引擎在低轉速。引擎此時像是配合演出，過多空氣、過少燃油，意料之中地開始微微震動和發出憤怒的聲音，學生察覺到異樣，但沒有及時看出問題所在。我壓抑著，「What happen to the mixture?!」用最沉著冷靜的聲音，對方終於看了一眼油氣混合閥，然後猛然一推！「GENTLE!」我終於向著麥克風咆哮，這猛然一推，一瞬間過多低溫

燃油推進汽缸，燃燒不完全和忽然降溫，引擎只會更憤怒！前方發出幾聲低沉的轟轟聲和震盪，學生嚇壞了。我不打算接手飛機，讓他自己平復心情，跑道已經近在眼前，讓他自己降下去。

落地後，我把前因後果簡述一次，然後把可能發生的更嚴重後果強調一次。他還有一次機會，如果飛回蒙克頓那段，下降前又忘記 enrich the mixture，為了安全考量，我不會放他單飛！他低頭，拿出紅色簽字筆，在手背上寫著「mixture」。其實這項目是下降檢查單（descent checklist）的第一個項目，只要照著檢查單做就可以了。

乾燥的空氣，直曬的烈日，乾著他的手背皮膚，皮膚吃著紅色簽字筆墨水，是剛上色的紋身。飛回本場的那趟，他沒有忘記這個動作。所以我最後放了他單飛，之後每一趟旅程，他都沒有忘記這個動作。

在天空，自由是可貴的，時間是昂貴的，跳表燒著燃油錢。在日出和日落時，時間是矜貴的，幻影變化間，由不得任何人央求流逝的光陰停留片刻。

鳥兒佇滿了樹，整棵樹變成一個立體音樂盒，風成了配樂，整片森林充滿啾啾聲。北邊丘陵遍佈楓樹，高一點的那條林線是針葉林，湖水波光映著黃昏，呈獻一日之末最哀艷的謝幕。

　　颯颯秋風，瀝瀝秋雨，樹林躁動，具輕蔑的侵略。可能因為滿月，可能因為漲潮，可能因為今晚飛得再高，也看不到星星。

　　開學時，學生們翻著一本又一本的書，書中是一頁接著一頁的文字、數字、參考圖和表格。第一堂簡報為時五小時，太多素材要準備，五小時也還不足夠強灌給他們。我會先讓他們安心，雖然手中的資料這麼厚，但真正要熟記的只有兩件事：緊急程序和數據限制。其它皆可參照資料，都不用背！因為飛行資料常常更新，死背硬記是行不通的，只要知道從哪裡尋找答案即可。

　　達理要先通情，安心之後再來操心。讓他們安心了，才開始指哪裡需要熟記、哪裡會是考題、哪裡的常用法規需要銘記於心，結果畫了一整本卷冊都是重點，好幾本書都要熟背。我並沒有比他們聰明，只是比他們早學、早知道，以及知道要考的關鍵字在哪裡。

　　比手臂展開還要大的雙面地圖，地圖上細密麻亂的字和符號，都不用背。全部都可以翻書參考資料，只是當中每個小記號和小空域都可以是考題。口試時，考官

可以問地圖或書本上任何一個小細節，就看學生是想記得愈多愈好，還是等到在考官面前再慢慢翻閱參考資料。

數據系統不用背，全部都有參照，只是飛上天空臨時需要用時，是從腦中調閱相關訊息解決問題，還是要在不確定的情形下，查找資訊同時控制飛機？

機器系統也不用背，全都可以翻書查閱，只是口試時一個問題下來：「在翻書之前，請描述你所認知的電力／引擎／液壓／機輪／控制介面／燃油系統。」若說不出幾個關鍵字，那便口啞啞，很尷尬，印象分數不會高。沒有好的印象分數，計分項目也不會太優秀。

所以甚麼都不用背，但甚麼都要熟記，通過考試只是最基本。飛行其中一個可貴地方，在於這領域實用性非常高，今日多記一個項目，他日就少為難自己幾分。

天上有鯉魚斑，地上有枯褐草，空氣更乾燥了。農場主人早已為過冬做好準備。牛兒拉拔著所剩不多的鮮草，過不久就要吃一捆捆的乾草了。

日暈很高，像是輕輕的守候和溫柔的提點，提點著正在俯下展翅高飛的小飛機：再飛幾班機就快回去吧，別逗留了，三更雨很快就會追到。

又到了自古逢秋背脊涼的時節，楓葉染了滿山滿谷的秋色，忽然回暖至攝氏二十三度，又恍然下探到負三度。當每一棵樹都花團簇簇。

　　這是一個多事之秋，向著西邊飛，一股濃煙衝上天際。隔壁城市的煉油廠爆炸了，黏稠且黝黝濃濃的黑煙，滾滾又慢慢地向天際衝去。

　　另一架飛機在東邊 1500 英呎處，迎面撞上一架巨型航拍機，螺旋槳中心的鐵皮在空中爆開，螺絲釘瞬間飛散，螺旋槳花了也毀了。

　　另一架飛機落地後去加油，同事將機尾壓下，將前輪翹起，以便向後推去靠近油缸的位置。才壓下機尾，翹起的前輪就整個脫落。他一臉愕然，撿起卡通劇情般掉下的輪子，走向簽派處。試想若這前輪是在空中脫落，那怎麼辦？沒有前輪的落地，要怎麼不讓前方螺旋槳打在跑道上？他抱著機輪，口中重複碎念感謝神。

　　一座鐵橋四平八穩地跨在山澗之間，湍急的水花把小溪沖成白色，從天空看下去凝成一條白色的蕾絲細絲帶。同一個空域有兩位我的學生，一位飛在河東，一位飛在河西。我帶著第三位學生在河的正上方，一直盯著下方的他們不要靠太近。

　　一股屬於秋季的執意。想著這段時間離開亞洲，去了一個非常非常遠的地方，以飛行學院為中心，以俯瞰

視角，譜出腦中陌生、卻從未如此通透的一張地圖。在回亞洲之前，把這個在天空中常常盤旋的城市，放慢腳步造訪一次，去那些街道探探，在冬天來臨之前。

沿著荒煙蔓草的公路，開車到附近的工業城市 St. John，撿了兩片艷紅楓葉夾在車子的遮陽板上，秋天氣息更濃郁了。鄉間還有更鄉間，西邊小鎮 Salisbury 再過去的農場小路，隱藏著一間地道的德國小餐館。陌生的農村羊腸小徑上，豎著沒有任何路人會多看一眼的電塔和電纜，然而那些電塔和電纜對於目視飛行員來說卻是如數家珍。我們對每一根高聳的電線塔都瞭若指掌，因為在空中必須藉由這些電線塔來找地標和迫降點。第一次開車經過西邊區域，竟然要用在天上的印象，來判斷荒野地上的位置。

山坡上有牛馬在吃草。向山的另一邊荒野駛去，除了風吹過枯枝乾葉的沙沙聲，沒有其它聲音。隱蔽的德國小餐館，旁邊有間屠夫肉鋪，肉鋪裡掛著新鮮的德式灌腸。小餐館外有果園，裂殼的栗子，掉了滿地的梨子和蘋果熟透了，秋天又更深了。

筆直的公路兩旁是已經落葉的樹枝，落霞染在初寒上，前方是一片漸層溫柔的橙黃，幾捲雲彩上方是嫣艷的珊瑚紅，珊瑚紅上方帶有一點點靛紫雲影，然後秋暮最後一個夕陽，一把火燃盡塵世間最後顏色。

下午即將迎來冬天第一場雪，這麼令人脆弱的日子，不想獨自面對雪落無風時，異鄉的太過寂聊。一群人開車沿著二號高速公路向南去，前往 Amherst 的路上，沉黯的雲再也承載不住欲飄欲落的細雪。有了陪伴，才放心讓雪紛紛揚揚地漫天飄落。沒有風，只有靜靜地彌天皚皚，宛如囈語，輕如呢喃。

　　Amherst 街道兩旁是十八世紀的木造建築，附在河流轉彎處，一幢幢高聳別墅，斑駁著殘存的粉藍色、粉黃色、粉紅色外牆油漆，依然保留那個世紀的風華餘韻。

　　帶雪的雲向北飄，省份之南露出午後陽光，透過彩色玻璃，灑進教堂室內，照上石地，教堂的風琴在莊嚴處安靜著，讓下午時光緩慢且寧靜地流淌。Sackville 大學和小徑，木板鋪成湖邊的散步路徑，路徑兩旁林立白樺木，白樺木旁有水鳥戲水，野鴨伸長脖子拍著翅膀追逐，以黃昏為背景襯著一池子喧囂。

　　世界上沒有兩片雪花是一模一樣。它們旅程不一樣，所經歷的溫度、壓力、濕度、凝華（deposition）速度都不一樣。人也是，世界上沒有兩個人是一樣，成長環境、學歷、遇到的人、當下的選擇、所走的路都不一樣。

　　雲低要雨的午後，地面溫度回暖至十四度。大部分教練都把班機取消了，沒取消的教練還在觀望。東南邊訓練區貌似雲最高，與其在地上觀望，不如趁雲還沒壓下來前，幫學生作商業執照的模擬考。下星期天氣放晴，屆時就可以推薦他去考試。起飛後讓學生戴上遮目鏡，只參照儀表直達訓練區，先做高空項目，spin 和 spiral dive 這兩個項目需要 6000 英呎高度。此時 6000 英呎已經很靠近雲霧的毛邊，黑厚的雲不太友善，隨著高度爬升，視線逐漸轉差。

　　即便我們是空中唯一一架飛機，但因為視線實在太差，我還是仔細地完成安全檢查，確認雲霧中沒有鳥兒或是其它不明飛行物體，也再次用無線電確認四周沒有其它交通活動。我想讓學生多飛一點儀表，所以他此時還壓在遮目鏡下，全然不知外面雲霧籠罩。

　　若以每爬升 1000 英呎，溫度遞減攝氏二度來計算，起飛前地面溫度十四度，那麼在 6000 英呎，大約是攝氏二度左右，很靠近結冰點。我一直留意操控介面有否結冰現象。安全檢查完成後，讓學生拿下遮目鏡。在他還在感嘆視線如此朦朧時，我忽然看見一大片積冰在座艙

罩上形成，那是一瞬間的事，順著雨水貼在座艙罩上。這代表機尾很有可能也有結冰，若機尾介面結冰，則很容易失速；若皮托管結冰，那麼儀表數據便不準確，我們必須在最短時間離開結冰的高度。

把飛機帶進一個大幅度轉彎，機鼻朝下加大油門，進入 spiral dive 螺旋高速旋轉的狀態，落回 4000 英呎交給學生復原。即便地面是溫暖的十四度，也不可忽略在空中結冰的可能。

夜航訓練有一班越野飛行，目標是飛到另外兩個機場落地。我喜歡帶學生去南邊，那兒有一個小型私人機場 Trenton，和一個相對大型的國際機場 Halifax。

起飛後向東南方向出發，前方燈火不多，左邊是一片漆黑海洋，右邊是幾個零星散佈的城市。電塔閃爍眩惑的紅色警示燈，燈火通明的監獄是個很好的指引。

白天可用來參照的大路小徑、湖泊、電纜線、海岸線，在夜幕低垂後全都隱沒，只有一些小鎮、燈塔、或是公路上的車燈，透出微淡的掠影。

「呂色」，是比黑色還黑的顏色。黑暗中，和學生不

停強調為數不多的參考點，就怕他們在夜空迷失方向。有很多時候，也不是迷失，只是不知道自己在哪裡。我三五不時便問學生：「如果現在迷航了，你會怎麼做？」、「如果此刻不小心飛進雲裡，你會怎麼做？」、「如果在某個點上發生機械故障，你會怎麼做？」一而再、再而三地拋出問題，放手給他們駕駛、導航、計算、找答案。就是希望當教練不在身邊時，他們也要保持警覺，以防範未然。即使此刻歲月靜好，即使海邊每個還亮著燈的小鎮，都沉淪在依依柔柔的月光下。

第一段旅程是忙碌的，是黑壓壓的。到達無人控管的小型私人機場 Trenton 前，會經過一個工業小鎮，即使在夜裡，也可以看見煙囪冒出的白色濃煙。每一次飛經這個地方，濃煙的排放都不曾間斷，十年前飛經此地是一樣的濃煙，十年後飛經此地也是一樣的濃煙。

降低高度越過工業小鎮，按下無線電點亮跑道燈，向著和夜一樣深的山的方向飛。低飛做一次高空跑道檢查，若當地吹西風時，得再繞回小鎮，在跑道北邊以煙囪為中心，180 度轉彎降低高度做一次低空跑道檢查，檢查跑道狀況、檢查交通狀況、檢查有沒有狐狸在漫步。

確實報告飛機所在的位置，和其它飛機協調好拉開間距，不過這個荒涼機場鮮少有其它飛機。Trenton 的跑道建在一個丘陵上，跑道中間高，跑道兩頭末端低，

從旁邊側看，像是一個亮著燈的拱橋。

進場路徑下面是無人低谷，沒有任何燈光，是個很大的黑洞。進場時，跑道末端位於相對低處，很容易產生飛機過高的錯覺，尤其在黑夜，如果沒有及時校正，很容易太快下降高度。觸地後，視線被跑道中段，也就是丘陵突起的上方擋住，看不到跑道末端，不熟悉地勢的人會不太確定跑道還剩多少。再次起飛時，也總有一種賭一把的感覺，跑道很短，而盡頭是一個小小斷崖。

很多教練不喜歡這個機場，這是相對有挑戰性的機場。與其學生有一天誤打誤撞來到這裡摸索，倒不如先帶他們來一次壯膽。

選擇平平淡淡的路線是一班機，選擇難度重重的路線也是一班機。我希望學生在我身邊得到的困難，會變成他日獨當一面時的心安。

第一段飛完，沒有比夜空更深的靛色。前往 Halifax 國際機場途中，會經過一大片森林，在漆黑森林中沒有任何燈光，沒有任何參考依據，是練習飛儀表操作的好機會。再複習一次 GPS、VOR 的實踐操作，避免在黑天墨地的空域中迷失，或是學習迷失後，如何找回方向。

無線電傳來控管人員和藹可親的聲音，代表離 Halifax 不遠了。往來國際機場的都是經驗豐富的飛行員，控制人員很樂意引導我們這些稀客小飛機，親切地

給予指示，也主動提供附近交通狀況。而當我們要離開 Halifax 空域時，也會祝我們晚安，歡迎下次再來。這是在蒙克頓空域控管不可能得到的禮遇，蒙克頓的空中管制員一次要指揮二十多架飛機，飛行員和學生經驗都尚淺，有時候不知道發生甚麼事，有時候又不聽指示，無線電經常聽到空管人員不同程度的訓話和叫罵。

國際機場燈火通明，機場旁的停車場，停滿密密麻麻的汽車，停機坪上都是大型噴射機，跑道上有白色的中心線燈。如果中心線燈沒有開，我會透過無線電詢問塔台是否可以開啟，親切的控管人員通常很熱心地馬上把燈點亮。高強度中心線燈，像是瞬間亮起的舞台燈，而小飛機如同第一次進城的大鄉里，痴醉於整晚夜裡最璀璨的一刻。降在中心線燈上，這份氣勢，彷彿自己手上的飛機也變得更威重了。

揮別 Halifax 後，會經過一條河流，逐水而居的小屋，夜闌之下都熄了燈，四下一片漆黑。此時我會關掉電源，模擬電路失效。熄掉全部光源後，小小的機艙伸手不見五指，報完位置後暫時關掉無線電，夜已經深至

螺旋槳的傳動聲也撼動不了世界，翼尖也劃不破天邊。飛到第三段，學生累了，我該講的也講完了，把光線降到最低，逼迫他們把警覺性提到最高，感受子夜時間荒漫地走。

有位學生說：「能當飛行員真是好幸運，從來沒看過這麼多星星！」我覺得自己能聽到這麼真誠的讚嘆，也很幸運！距離回蒙克頓有一段路，這段路有時是伴著或圓或缺的月亮，有時是豈止繁星萬點的星光熠熠。這時是師徒交流的最好時間，通常是一起飛了將近四十班機後，第一次的聊天。我會問問他們的生活，問有沒有我能調整幫助他們學習的地方，問他們吃得習不習慣，問他們家鄉的樣子，問他們想不想家。

他們分享的，有些是連月亮都聽不到的。也許是月光柔化了我們的臉部線條，不像攤在陽光時那般一板一眼，夜愈深，交心就愈真。涉世未深的他們，也有很多不容易。不過優秀的人，總能將自己捧住，願他們在不久的未來，變得更成熟，成為更有餘裕為他人兜底的人。

穿過綿延無邊的黑暗，蒙克頓的輪廓慢慢浮上地平線，地平線繞了地球一圈，每次都有回家的感覺。凌晨三點，原本稀疏的路燈都逐漸滅了，流星和地球畫不出切線，唯一完美的切線只有月光。早已適應昏暗的視野，打開黯淡的儀表燈，反而覺得刺眼。隨著無線電調至控

管頻道，我們便回到現實，準備降落。降落後將飛機加滿油，讓學生照方才路線單飛一次。夜又更深，一天結束得更完整。

雲紗帶有馥馥甜香，空氣飄散著白肉油桃和紅巴特梨的味道，一整樹都是紅葉子。

秋月將蝕，公園堆著厚實落葉。落葉被風颳進河裡，卻無論如何也堵不住深流大河。因明白在寒冬飛行的辛苦，所以希望學生在冬天來臨前把飛行時數累積完成，不停推進他們進度。他們從沒有讓我擔心過，一個個領著小飛機向四面八方飛去。

我們在一架賽斯納小飛機後面滑行，她的滑行姿態左右搖擺，像是小妾妖柔又撫媚的舞姿。機尾在方向舵前收細了腰肢款擺，風姿綽約地踮著蓮花碎步，向著跑道的等待線，彷彿整條滑行道都是她的伸展台。

然而，我所在的飛機卻不甚優雅，帶著其他教練的學生，一下推太多油門，一下重踩煞車。既嚴重偏離滑行道中心線，操縱桿又沒有與風向抗衡。旁人看來，和前面的賽斯納天鵝相比，我們不知道是比較像蹣跚學步

的嬰孩，還是跟跟蹌蹌的老嫗，一瘸一拐的。

　　一段路後我接手飛機，才知道這是學生的第六班機，卻從沒有試過滑行。我通常在第一班機就會讓學生滑行出去，再怎麼鵝行鴨步，總要試著走出去。滑行是很容易出意外的階段之一，趁早讓學生適應並控制飛機，在準則之內，履行最合理的判斷。

　　蘋果樹上滿是白青色的蘋果，逢降霜，蘋果就會轉紅，再過幾天，蘋果就會爭先恐後掉落地上，又過幾天，遍地紅蘋果轉為咖啡色。每棵樹下都鋪滿葉子，成了一地的赤朽葉色。

　　遇到突發狀況時，腦海閃過的第一句話往往是：「從來沒看過這情況！」這般毫無信心的自我暗示，把原本用於應變的黃金時間，推向虛無。學生在教練模擬狀況或提示下，遇到愈多難題，愈能高效學習。順風順水誰都會飛，唯有遇到困難時，才能體現飛行員人腦優於電腦的價值。

　　在 3500 英呎練習 45 度角急轉彎，學生掃視儀表和外界的地平線，完美演繹急轉彎應有的數據表現。褐色土壤印上雲的剪影，玉米田被分次收割，還沒收割的地方，是豐饒的淺綠色，那是豐收的顏色。而收割後的土地呈現老麥茶色，將會被遺忘至明年融雪後，封存一整個冬季休耕的養分。

我跨下飛機，學生說謝謝，謝謝這班機讓他學到太多。我回答不客氣，就先行離去。雖然每班機都讓我力竭虛脫，但對於一個會心存感激又不吝表達的學生，我不介意飛後檢討時多聊幾句。他已經飛得不錯了，在技巧方面暫時沒有甚麼需要改善的地方。我們進而討論，一班機的成功不只謝謝教練，背後還有整個團隊共存，包括幫飛機換機油做安檢的專業機務、幫飛機作測試的試飛教練、幫我們拉油管加油的工作人員、甚至那些從未見過面，開燃油車注油進油缸的司機，都值得一句謝謝。也別忘了學生自己對這班機做的所有準備，都值得一句謝謝。

對於已經被航空公司錄取簽約培訓的男孩，可以給他們一定程度的耍賴空間，培訓和畢業後的路，基本上已經鋪好了。而對於還沒有簽約的自訓女孩，我會相對嚴厲一些，冀望她們能煉成承受挫折的能力，今天遇到的困難，成為他日在航空領域求職前後面對各式坑坑坎坎的養分。我會在一開始跟她們說明白，若然受不了我所給予的壓力，我也會給她們比男孩更多的寬容。

航空領域不會辜負有準備的人，即便是最基本的學識和技術，只消一班機即可見學生的學習程度，經過幾班機後，願意向前跑和甘願落後的人，便相距甚遠。

　　上級分給我兩位女學生，一位是開朗活潑的文科生，一位是進度極其落後、缺乏自信的害羞理科生。再次證明本科背景只是輔佐，性格和態度才是決定成敗。

　　活潑開朗的文科女生，待人接物進退有度，自律且準時，自我要求很高，積極進取，在每堂課前都準備充足。配合天時地利，很快就帶她通過夜航考試，放她單飛。單飛日子最難拿到飛機，她卻能憑著好人緣，硬是搶到好時段的飛機。

　　而進度極其落後的害羞理科女生，上級曾囑咐我，幫她建立對飛行的信心。但在第一次簡報後，連我都快要失去信心。她總是這裡病、那裡痛、平日要打工、放假要回家看祖母、有時沒錢、有時要去旅行、今天自己生日、那天男友生日、天氣放晴便宿醉、天氣差不願出門。慷慨時還會傳訊息告知今日不出席了，健忘時便忘記有個教練和一架飛機在等她。

　　不過我不會浪費時間和唇舌向上級評判她。我只是把她晾在一邊，身為一個已經可以合法吸煙喝酒呼麻的加拿大成年人，不能逼迫她學習，也不能勉強她重新審視對人生時間的支配。等到她有一天清醒了，再來找我

學習時，我一樣會盡人師職責。殊不知這一晾，就過了一個秋天。

里數 7,501—12,500

把夏季輪胎換成冬季雪胎，更深的胎紋才可應付初雪，和一地桑染的顏色。楓葉在過了最艷紅之後，在還沒飄落之前，隨風苦頌。焦慮像是泥沼，淹至下顎灌至鼻竇。那是非常熟悉的感覺，是進度停滯時的不安。

這種不安，工作環境中不能讓上級知道，和沒有焦慮感的同事聊只是無濟於事，而和有焦慮感的同事聊只會火上加油，更不能讓學生知道。所以只能把焦慮嚥下，與那份忐忑共存共處。

高氣壓匍伏在東邊領空，預報即將有三晚好天氣，學院把大部分飛機都留給長距離越野飛行的學生。天氣太好時，即是教練休息的時候，我準備離開學院前，被一大批學生攔下，他們需要教練簽名放他們出去單飛。

簽學生出去單飛，是幾乎所有教練避之唯恐不及的事情，尤其是簽不熟悉的學生。要花時間檢閱飛行條件，需要負責任，而且只要學生一看到有教練肯簽名，就會一窩蜂蜂擁而上，被盯上的教練常常半小時離不開現場，責任重大但無薪酬。

南邊向海水延伸的胛角處有個燈塔，燈壞了。沒點上燈的燈塔，海上用不了，地上用不了，天上也用不了。偏偏學生還在夜中以這個壞掉的燈塔做參考點，要求他改參考點和重新度量距離，等了些許時間。雖然他不是我的學生，大可以在提醒他後，便先行離開。但過去曾

發生好幾次夜間用沒有點亮的參考點而迷航的事件，因此我還是確保他完整地做完計畫後才離開。

待學生都飛走了，學院顯得格外安靜，我步上人行道，秋風把地上的枯葉颳向紅磚牆的角落，小小的低壓炫風形成一個迴旋，枯葉追著枯葉繞圈圈，與棉絮咬著灰塵糾結成一團。望向天空，大部分是我方才簽出去的學生，一架又一架的白色小飛機，在天空如同蒲公英種籽，任其飄散，任他們飛去最遠的地方，在時光裡都無需被計算。為師者，如同播種的人，不能揠苗也不能催促，願其開花之餘，也尊重每株株苗，花期不一。

枯竭的樺木枝頭，一直被拖曠至西邊。只能在天氣不甚理想，學生無法單飛時，我才能一班機接著一班機，滿滿的排班，忙到沒力氣說話，沒力氣笑。這樣被掏空，下班後便立刻睡去，沒力氣胡思亂想。螺旋槳尖，劃破一地清夢，是誰又飛進了月光？日復一日，不敢計算歸期到來前，還有幾次下玄月。

地上的紅花衰敗，樹上的紅葉瑟瑟，千頃萬頃的平原，都染上秋的大意。變天前帶著風，風帶著湧，以及

飛機操作介面可以承受的最大力量。只想和風雨偷一些時間，看著天氣慢慢逼近，我們的籌碼不多，僅有在被雲雨吞噬前逃回機場的投機，和篤定雲團追不到機尾的僥倖。在這天地寂寥的異鄉，並不寂寞，教練休息室裡最不乏的，就是大家那相似的寂寞空洞眼神。整個城市，都是心事。

秋末披掛著雲雨最後的流連，和風雪最偽善的繾綣，天被蓋起來，雪花被倒出來，無理無序也糊裡糊塗。唯有埋頭苦幹，才能稍微覺得心裡踏實。飛在日暈與月暈之間，那是最實在的快樂，也是一種非人生活的生存模式，單純且制式化，所以偶然出現的一些小關心和小溫暖，就會顯得更加窩心。

有一次起飛前，學生給我一杯剛煮好的鍋煮奶茶。我捧著溫暖的奶茶在北邊訓練區 3500 英呎的空中，看著下方退潮外露的沙洲，還有即將落下的夕陽，覺得若我自稱是世界第二幸福的教練，那便沒有人敢稱第一。

暖鋒過境，預報再過一小時便下冰雨。沉厚的積雲承載不住欲墜欲落的大水滴，是零度以下但是尚未結冰的大水滴。「冷冷的冰雨在臉上胡亂地拍」，劉德華唱得太溫柔了，現實是像利劍、像鋒刀。這還只是冰雨的前奏，真正致命的是冰雨過後，雨滴在零度以下的地表，打散後瞬間結成厚厚的冰殼，冰封整個大地。暖鋒的雲

層，大範圍逐漸降低，爾後降下更多的雪，冰上再鋪上一層白雪，一條路上好多地方都閃著紅色救援燈，多處發生汽車打滑連環交通事故。

每逢冰雨將至，會宣布全面停班、停課、停飛，那是比暴風雪還危險的威脅。只是愈危險愈美麗。樹枝掛著冰柱，當微風吹動，就響起此起彼落的冰裂、冰折、冰斷聲音。原來鋒利是有聲的，又鈍又銳。也原來聲音是有硬度的，樹枝被包覆在晶瑩別透的冰殼內，冰與冰摩擦出最叮鈴也最堅硬的聲音。

我站在如同溜冰場的大地上，傾聽大自然在垂直溫差巧妙變化間，隨風而舞的聲音，這般聲音需要溫度的配合：太冷下不了冰雨，冰殼便不能包覆樹梢；太熱後冰殼融化，這聲音即不負存在。原來聲音是有溫度的。

大地凝固了，海水凝結了，時間凝滯了。凌晨的雲很厚很低，低到讓人不確定天會不會亮。在亞熱帶地區，落在山頭的雪，會被傾巢而出的人們一湧而上拍照再踩融化。而在寒帶降下的雪，卻把人們冰封在室內，甚至聞雪即抑鬱。流星也是，被人簇擁驚嘆。但天上有更多星星，幾億年都沒被發現。稀有總是珍貴，虛無才趨近於永恆。

機油刻度低於最低要求 4 夸脫（quart），從機庫拿出黏黏的漏斗和一罐機油，天寒地凍讓機油凝成像蜜糖一

樣濃稠。半擠半壓油罐，把機油擠進漏斗再滑進油缸，壓出油缸的空氣，頂著黃綠色的機油浮成了一個泡。泡膜愈來愈薄，直到爆破，一點點機油彈在臉上，熊熊油缸味灌進鼻腔。

加完機油，把油罐拿去回收，推門進入停機坪旁邊的白色小木屋儲藏室。密閉的儲藏室缺乏通風也沒有光線，黑暗裡悶著極其油膩的味道，幽閉的室內帶來很大的壓迫感，那氣味就像反覆煎炸、過度氧化聚合的劣質大豆油。屏住呼吸，把機油塑膠瓶罐丟進回收箱，再把黏黏的漏斗丟進另一個搜集桶，殘餘的機油，猶豫不決地掛在漏斗上，滴滴答答。

回到機上發動引擎，低溫使機油濃稠，油壓一直上不來。我們花了額外幾分鐘暖機，待油壓和油溫都上到標準值，才向地面管制索取滑行許可。

飛行學院女生不多，女性友誼更是難得。與女孩子的連結，常常建基於獨立之上，不會過於黏膩和依賴，相處時卻分外柔軟，彼此取暖。

我喜歡妮可的性格，單純的漁村女孩，對外界有無

限好奇，和樂於闖蕩的勇氣，是說走就走的行動派。即便她隔天要參加航空公司面試，但今晚還是會優先滿足我想吃炸雞翅膀的慾望。

不能飛的時候，在我或她失落的午後，我們會約在炸雞翅膀運動酒吧，她點蒜香蜜糖味，我點水牛中辣味，聊著過去、現在和未來的種種不盡人意，如何被各種起承轉合刁難著。直到我們聊到比吃炸雞翅膀之前更強悍了，才會各自開車離開，迎著赭黃天色。

其中一間運動酒吧，天花板吊著一架塞斯納小飛機。學院領導人多年前在外飛行時發生引擎故障，迫降野外，英雄般人機均安，後來這架飛機退役，被酒吧收下作為紀念，把整架機體吊在酒吧天花板。

此後，凡是從學院完成第一次單飛的人，除了會被潑水慶祝外，晚上還要到酒吧，爬上梯子，用麥克筆在飛機上簽名。整架機身的內外、螺旋槳、機翼上下方、尾舵等，所有可能的地方，都佈滿了密密麻麻的簽名和執照編號。這是數十年來不成文的慶賀方式，彷彿只要名字寫在這架飛機上，就是同一個派系出來行走江湖。每次抬頭看，都會看到好多熟悉的名字，還有很多再也擠不下卻不停增加的新名字。原本素白色的機身，紋上愈來愈多以第一次單獨飛行為名的彩色紋身，壯大集結同門派系的子弟，都在此荒郊野外結拜。

紅葉承不住雨，針葉接不住雪。螺旋槳一槳一槳伏著空氣前進，諾大的天空，包容著每一位飛行員的任性。

　　車埋在厚雪裡，像一個沒有稜角的巨型鬆軟饅頭。厚雪下在冰雨之後，整台車子被冰封在約三公分厚度的冰殼裡，刮走厚雪亦無濟於事，攝氏負十度，微弱的太陽像一個使不上力的旁觀者。

　　回廚房拿來牛油刀，沿著車門四邊劃割，用力踹踢車胎，扳開車門把手，力氣拿捏於使盡全力，和避免將車門把手扳斷之間，幾經絕望與放棄邊緣，終於得以把車門打開。鑽進日光被雪擋住的陰暗車內，車電池在低溫時不願意合作，發動兩至三次才成功。雨刷水的噴頭被冰封住，只能把暖氣開到最大，企圖以車內暖氣融化擋風玻璃上的冰。等待融化的同時，再拿著刮擋風玻璃的工具，對著車蓋又敲又戳，鏟下一片又一片的冰殼。擋風玻璃終於勉強可以窺探外面，暖氣已經耗掉五分之一缸汽油。

　　無能為力地耗了一個小時，擋風玻璃才稍微能提供安全駕駛的視線，但還沒有剷除車道的積雪，車輪依然

深陷在硬雪中。踩著油門也只是徒然空轉，只好下車拿出大雪鏟，一鏟一鏟悉悉索索，一槓桿一槓桿地鏟，鏟走了沉重的冰和雪，也鏟走了一個人的意志力。

　　天氣預報下午又下冰雨，到了學院，幫幾位相熟的教練把車子擋風玻璃雨刷豎起，以免待會被冰雨封住。

　　發動引擎，螺旋槳轉得猶豫且粗糙，轉頭看看旁邊的五號停機坪，那是 727 貨機的停機坪，當沒有停放貨機時，可以向地面管制要求滑行許可，用不常使用的停機坪做起飛前的暖機。鏟雪車把雪鏟至滑行道兩側，堆成雪牆，有點阻礙轉彎時的視線。加一點點油門把飛機滑行至貨機停機坪，拉上煞車，學生開始做暖機的磁電機檢查，引擎推至功率 1700RPM，飛機在冰上向前衝，顯然不願被刹車束縛。我趕緊用力踩了刹車幾下，確定液壓刹車系統確實將飛機固定。

　　將飛機交還給學生，left both right both 依序轉動發動鑰匙，轉向左邊，右邊磁電機接地，只用左邊磁電機和相對應的火星塞，轉速表降了約 50RPM，顯示正常。

　　當鑰匙轉至右邊，左邊磁電機接地，只用右邊磁

電機和相對應的火星塞，不料轉速表指針瞬間掉至 1100RPM，引擎劇烈震動，發出「轟轟轟」的憤怒抗議聲，螺旋槳幾乎停止轉動，引擎差點熄火。學生嚇一跳但沒放手，我伸手捏著他的手指把鑰匙轉回至 both，再推大油門踩住剎車，機身奮力震盪，引擎噴了好幾聲才順轉，像是被勒住頸項嗆出好幾聲乾咳。

我放開手後，學生才收回手指。我告訴他不用害怕，我們還在地上沒有起飛，現在知道做 meg check 的重要了嗎？他說沒有害怕，只是驚訝我補救的速度和力度，讓他的手指非常痛，但又不敢縮。

在躁狂的引擎跟前，他的痛覺被犧牲，但還沒來得及安慰他，我便問：「剛剛看到了甚麼？」、「甚麼原因導致這情況發生？」、「現在的決定是甚麼？」他的判斷和回答，讓我自豪。看得出他在學習上所下的功夫，思路敏捷，判斷正確。

然後我繼續質問：「那你剛剛為甚麼沒有馬上把鑰匙轉回 both，而要等我出手？」這個問題有點尖銳。其實學生的反應可能只遲了半秒，機械故障也不是他的錯，但就硬是被我說成：「你開車看到前方有車禍，翻車漏油即將爆炸，但就是不及時踩剎車，而是繼續衝過去？」相信學生心裡委屈，同時我對於自己沒有控制好情緒也感到失望。

暖氣還沒把我的腳暖好，四肢僵冷，內心卻怒火中燒。是的，飛機壞了，這班機得取消，回去後要跟維修人員解釋狀況和後續處理、要在系統裡註明未出發的原因、和處理一些行政作業。此時拿不到額外飛機，風和日麗的下午將要這麼白白錯失，我的情緒比剛剛的引擎更躁狂。

　　在很多人眼中，白雪柔軟純白。在這冰得和石頭一樣硬的原野，我看到的卻是壓實了的黑冰，和壓迫性的無能為力。

　　鏟雪、刮冰、除霜。然後一片烏雲或一個鋒面蓋上天空，落雪後又變回一片白茫茫的老樣子，又要拿雪鏟和雪刷全部重來一遍，周而復始，像不願放過世人的懲罰。

　　走出健身房，車子又被大雪覆蓋，差點找不到車子。回家車程只有五分鐘，就偷懶省略清除車頂積雪這個步驟，用新買的雨刷水稍微噴刷擋風玻璃就開車，結果雨刷水在擋風玻璃上瞬間結冰，張牙舞爪的冰花向四周擴散。雨刷水包裝上寫著結冰點是負四十五度，外面

風吹之後也才負二十九度。只好下車，用刮冰棒刮乾淨在擋風玻璃上的結冰紋路。大自然給的功課，總是得勤勤懇懇地修完。

　　IO-240 高性能單引擎，每次的起跑和推油門都要配合右舵，來避免飛機向左偏。有三種力量令機鼻偏左：第一，螺旋槳順時針旋轉的反作用力。第二，順時針氣流環繞機身打至尾舵左邊。第三，打下的右邊螺旋槳比上升的左邊螺旋槳抓下了更多空氣，進而產生更大水平升力（P-factor）。起飛前的起跑，原本對正跑道中心線的機鼻會歪向左邊，在地面很容易察覺。但在天空低速時，尤其是慢飛（slow flight），當推大油門加油爬升，這三種力量加在一起，若踩不夠右舵平衡，便會導致機鼻嚴重左偏。

　　當偏航時，右邊機翼比左邊機翼速度快，產生更多升力。此時相對氣流打至尾舵，令機頭向左轉，甚至令飛機在空中向左翻（yaw into roll）。若沒有保持機頭平飛，拉操縱桿的力量不足時，機頭向下，所積聚的力量會牽引飛機進入高速螺旋（spiral dive）向下俯衝。

此等機頭向左的力量，無論書本有多麼詳細的解釋，無論教練在課堂上多麼苦口婆心地提點，都比不上放手一次讓學生操控飛機，親身試試不踩右舵的後果。

　　每架飛機的偏左能力都不同，通常到了講解踩右舵重要性時，我會申請那架以向左偏聞名的飛機。這架飛機經過維修人員多年校正，都校正不到，我喜歡這架有性格的飛機。重申一次輕踩右舵後，放手給學生操控，然後眼睜睜看著機頭瞬間歪向跑道中心線的左邊。有些學生會很機警地立即以右舵修補，把機頭帶回正途，有些學生則讓飛機繼續向左邊草地加速，「right rudder!」我會在情況完全失控前喊出。

　　尖峰時刻的雙向道公路，白色車頭燈探照濁世裡最後的歸心，紅色車尾燈堵著塵世間最焦躁的無奈。我在3000英呎處諦觀能量流動，他們的沸騰相對著我的恬靜。

　　每個悸動，都能被文字穩妥陳述。每次高速旋轉直下的飛機，也都可以用機械原理承接。至於前景模糊的自己，有時兜得住，有時很無助。

　　進場時，螺旋槳切碎日落，切碎跑道，切碎無線電的聲音。黃昏濁柿色的天空，是隔天風起浪起之前，最赤誠的預告。

　　對流雲搓揉著，揉出了小雹胚。小雹胚裹上冰冷水滴變成大雹球，對流雲把大雹球擲撒在停機坪上，從天

崩墜而下的冰雹，令整個天地都在盪亂。雹球砸下後有些缺了，有些碎了，大多數是近似正圓形裸石，像一顆顆未曾被雕磨的裸鑽。

看著囂張跋扈的冰花，臆測天空變化。處於攝氏正十度至負四十度時，且有可見水氣的情況下，須留意結冰。機身結冰會增加重量，導致載重失衡。擾亂產生升力的平滑氣流，增加阻力和增加失速的空速。若剛好堵住皮托管（pitot tube），那麼儀表數據也會有誤差。

風雪天，任何蹉跎都是合理。但蹉跎不代表能將手感訓練拋於腦後不顧。即使不去機庫駕駛艙冥想程序，也至少在住處沙發上，幻想一手握操縱桿，另一手拉油門，腳踩方向舵，演練標準程序，想像電路失火、發動引擎後冒煙、剎車失靈。一切都是想像，但機艙影像在腦海中必須清晰常在。

天候差的日子，可能是幾天，可能是幾星期，是把酒蹉跎的最好藉口。大夥兒一起把酒言歡，教練和學生的界線模糊。不上課時，大家都是朋友。只要隔天沒有排班，夜晚在沙發、躺椅、雪地的爛醉如泥都是合理，天亮後一天空都是宿醉的顏色。

在路燈下，照亮了雪花落地的路徑，毛刺邊的雪爪順手抓住空中冰晶，為大地帶來更多深白色的負重。

　　把飛機停在停機坪，拉上煞車把手，踩踏了幾下腳踏板，把液壓踩進刹車餅來保持刹車。飛了一整個早上，飢餓感大到就快要蓋過責任感，但十分鐘後要趕著飛下一班機。兩把聲音在拉扯，一是「為了安全考量先填飽肚子，遲一點點再起飛。」第二把聲音來自簽派處管理人員，「準時起飛，按時把飛機交回來！」怎知還來了第三把聲音，三位不認識的本地新生拿著試題來問問題，「我們剛剛考試不及格，待會要飛了，拜託妳一定要幫我們！」那眼神實在推不掉，我反問他們幾個問題後，發現他們尚未建立好基礎概念，甚至連基本定義都還沒釐清，於是我們從國際定義的「標準大氣」開始快速複習。

　　我一邊嚼穀麥能量棒，一邊在想你們的教練是誰，一口氣唱誦標準大氣的大歌詞：「在海平面……標準溫度攝氏十五度……大氣壓 1013.25 百帕……29.92 英吋汞柱……乾燥空氣……每上升 1000 英呎溫度下降一點九八度，直到 36000 英呎恆溫層約攝氏負五十七度……」，再咬一口穀麥能量棒，寫下計算標準溫度的算式。再咬一口穀麥能量棒，穀麥能量棒上的小紅莓乾掉在地上。

　　把「真高度」、「絕對高度」、「氣壓高度」和「密度高

度」的定義快速講一次，再把氣壓高度和密度高度的算式寫在白板上，最後複習高壓飛向低壓的性能變化，高溫飛向低溫的高度變化。小紅莓乾又掉了兩顆在地上，十分鐘剛好過去，要起飛了，還是不知道他們的教練是誰。

我把亞洲人「以關鍵字為標」的讀書方式，壓進他們西方人「以理解為本」的小小腦袋裡，過去十分鐘，當然不能確保他們能確切「理解」整個大氣運作對高度的影響，以及意外忘記調校高度儀的後果。但只要跟著做，絕對可以「應付」這範疇的各類考題以及飛行中關於溫度、高度甚至壓力和密度的安全意識。當然我絕不鼓勵「應付」考試，通透的理解才是盡學生本份。只是在他們時間緊急，我又只有十分鐘午餐時間的情況下，我們只能盡量把時間用到最大化。

清一清地上那幾顆小紅莓乾，走出簡報室，簽派處管理人員一臉「妳怎麼還沒上天空？」的困惑。我趕緊跨進駕駛艙開始下一班機。學生將安全帶隨便扯過來扣上，幾個亂糟糟的紐結卷在肩膀上，金屬釦歪斜敷衍地扣在胃部下方，用來繫命的安全帶怎麼可以如此兒戲？我要他把安全帶解開理好，重新把鬆緊度拉緊，金屬釦扣至盆骨位置。那不是舒服的位置，但為可能突如其來的氣流或意料之外的狀況，主飛人有責任監督好每個基本的小細節。

冰雹時愛冰，雪天時愛雪。即使當地人有隨遇而安的心態，但冬季帶來的憂鬱，很難令人保持隨遇而安的心情，超市新上市的紫外線燈，便是用來補充人們在冬天所缺乏的紫外線。

雪愈白愈寂寥。把早上喝不完的咖啡放進冰箱，和幾位教練和學生到停機坪當義工，我們要在下一場暴雪來臨前，把停機坪上的飛機全推進機庫。

上一場冰雨之後，地面結成一層晶瑩剔透的厚冰，整個停機坪如同無邊無際的巨大溜冰場。在停機坪不能撒融雪鹽或化學除冰劑，以免傷到機輪的煞車系統。在風後溫度攝氏負三十二度，雪吹眯了眼睛，風颳縮了肩膀，我們一步一滑地推了半小時飛機。終於完成回到室內，從攝氏四度的冰箱拿出早上喝剩的咖啡，握在手心，感覺是溫暖的。

喝完冰箱裡四度的溫暖咖啡，進入簽派處，簽派處來了一位退休的老教練。不同年代的飛行員，都用著同一種語言。每位飛行員都有自己的故事，無論好的壞的，都不吝嗇分享。這些都是第一手教材，最腳踏實地的教學資源，也是最寶貴的傳承。

很喜歡和年長或退休的飛行員聊天，有些是年紀大退休了，有些是健康因素退下了。他們身經百戰，同時背負著無數次做錯誤和正確的判斷，帶著這些經驗存活下來，慢慢老去。他們話說當年時，總是充滿熱情，也給予後輩慷慨的鼓勵和無窮的期許。他們或許羨慕能通過體檢標準的年輕人，或許嫉妒我們想上天空便上天空的自由。他們大概願意用很高的代價，重溫飛行，即便一次都好。「Do you miss the air?」，您想念天空嗎？很殘忍的問題，每個答案，都一再提醒自己是何其幸運。

陰轉晴，每小時觀察氣壓升高；晴轉陰，每小時記錄氣壓遞減。大自然能量無形又無聲的流動，影響著風向、雲雨、引擎性能以及人的心理變化。日光有限，不能浪費。尤其冬天日照短，更不能虛度。記下每天的日出時間，在太陽升起前，就在跑道頭準備起飛。日間訓練的班機，一定要在太陽落下前完成，如果時間壓到天黑，沒有夜航資格的學生就不能練習降落。雖然學院飛機多，但學生更多，所以每次能拿到飛機都是幸運的。

冬季從日光開始到結束，大概可以安排五班機，日

落後可以再帶兩班夜航訓練。充充實實地完成一整天，徹徹底底地榨乾所有精力。

　　夏季若有很多夜航學生，便要熬夜。晚上十點才天黑，晚上十點才起飛，迎接一整個機腹下的燈火闌珊。

　　天空是淘湧的，隨著天色愈來愈淺，星星是玲瓏的。天尚未完全亮，烏黑世界迎光的那一面慢慢疊上顏色。飛機操控介面檢測 (flight control check)，纜繩和操控介面拉扯出咿咿嗚嗚的聲音，像是在熹微前尚未舒展的筋骨。

　　鑰匙咬齒著一股神秘的力量，驅動轉化成扭力，螺旋槳才甘願順時針一槳一槳打下去。只是發動引擎後，飛機依然還不願清醒，陀螺儀的真空系統指標還指在不合格位置，代表姿態儀和方向儀的數據都不準確。我們把油門推到一半以上，踩實煞車，真空性能依然未達起飛標準。再給它一點時間吧，其它飛機都朝著跑道方向去了，徒留我們在原地等待真空系統指向合格區間。

　　天空漸漸變成紺色，那是藍色系最深的顏色。真空系統還是不願意合作，我心不甘情不願扭下鑰匙，將飛

機交給同樣不想醒來工作的維修部同事。天色如同琉璃般，清澈又靈動。在即將失去飛機之際，剛好有個睡過頭的本地生，致電簽派處說他會遲到半小時，我意示學生毫不客氣地把他的飛機搶過來。

早餐通常是買順路的漢堡和咖啡，帶上飛機。學生做檢查單到引擎測試完畢，剛好可以把漢堡吃完。起飛前往訓練區途中，則是慢慢喝咖啡、看日出的時間。早晨如絲的氣流，像是不忍打擾朦朧惺忪的城市。到達訓練區，太陽由初升轉為全光照時，即戴上太陽眼鏡。咖啡因也差不多開始發揮作用，剛好能量滿滿地開始教學。

一次，貼心的廚神學生預先叫我不用買漢堡，他炸雞排給我做早餐。天底下竟有這麼善良的事！隔天他要六點報到，不知道他幾點起床炸雞排。座艙罩外的冰雪都是冷色，座艙罩內的儀表都是暗色，只有眼前這塊炸成金黃色的雞排是暖色。

午餐通常是趁學生檢查飛機時，開車去同樣的地方買漢堡或三明治上飛機，在上跑道起飛前吃完。一次臨時和其他教練調班機，買完午餐才發現那堂課是 spin 疾馳旋轉。那就不要一次吃太多，上跑道前吃一點、HASEL check 安全檢查時吃一點、天旋地轉幾圈之後吃一點、細品芥末雞胸肉和失重的力量，地心引力一把將臟腑胡亂往下方扯。飛回機場前剛好完成整份午餐，準

備下降。這些是天氣好又能拿到飛機的幸運好日子，鴨步鵝行地推進日復一日且囫圇吞棗的好日子，即使悠悠晃晃。

　　夜半兩點，學生捧著一碗熱騰騰的烏骨雞湯來簽派處，給我補一補。淒冷夜裡竟然有這樣珍貴的食材，驚艷了我一整晚的時光。這碗足以溫暖一整個流年的補湯，載浮載沉的烏骨雞嚇壞不少經過的加拿大人，大驚小怪怎麼有黑色的雞皮。

　　引擎失效（engine failure）是飛行考試必考的。把飛機帶上 3500 英呎，「simulated engine failure」關掉油門模擬引擎失效，若地面高度是海平面上 500 英呎，要在地面 500 英呎之前復原，即是有 2500 英呎要降。以每分鐘 500 英呎的下降率，需要大約五分鐘時間，也就是關掉油門讓學生練習時，我有五分鐘的時間讓喉嚨休息。

　　無論發生任何事情，第一要務都是控制飛機，把機器穩住，才能處理其它項目。關掉油門後，控制空速、確定迫降點、判定風向和迫降方向、引擎性能檢查、嘗試空中發動引擎、Mayday call 呼救、應答機代碼調成

7500、乘客簡報、閃避障礙物、確認引擎和電路關閉。有些學生淡淡定定一步接一步，有些學生則是慌不擇路。有學生早早完成，也有學生草草了事；有些飛得優雅，有些飛得凌亂。天空很夢幻，但若沒有把自己掌控好，那天空將會是最現實又脫序的地方。

　　完成以上步驟，同時要判定高度把飛機帶回迫降點，過高就原地盤旋、繞 Z 字型增加滑翔距離、放翼襟增加阻力或前滑（forward slip）。每次情況不同，風勢不同，太大的逆風會把飛機吹離目標。下降過程中，每隔 500 英呎需推一次油門來暖引擎，有時天氣太冷或是遇到性能較差的飛機，長時間引擎低轉速會讓油溫很低，推油門時引擎勉強咳幾聲，伴隨幾下晃動，螺旋槳才不情願地提高運轉速度。我夢見太多次引擎在推高油門「轟！轟！轟！」幾聲後，完全熄掉。初時會在夢中驚醒，幾次後習慣了，像是日常生活一部分。

　　氣流平穩得不可思議的上午，送我所有學生出去單飛。有些飛機場迴線，有些飛訓練區，有些飛連續幾個機場的越野，有些則去長程越野。我像等待雛鳥歸來、守著空巢的老鳥，心底掛念誰飛到了哪裡。我又像是把小猴子都暫托到幼兒園，竊一段不被纏煩的安靜時光。靜靜看著無風的天空，剛剛起飛後轉彎的 727 貨機，拖著白色凝結尾，把一整個標準儀表離場程序（standard instrument departure）畫在天上，從 29 跑道起飛後，向右轉一個很大的彎向東飛，平常在飛行圖上看到的路線，在天藍色畫布上忽然立體具象了。天空是最大的畫布，畫布的捲軸一直延展到墨水殆盡的他方。

　　我多麼羨慕自己的學生，簽進各大航空公司，完成培訓後就有工作。即便好幾次在瀕臨咆哮「你完全沒有飛行員的天份和特質」邊緣，都因為更大的無力感和早已被榨乾的精力，最後都以沉默取而代之。還好沒有口出惡言，畢竟他們再過十幾個月後，就會被扣在噴射機駕駛艙的後座上，翱翔在更高的空域。而屆時我很有可能依然還在 piston 引擎附近徘徊，聽著螺旋槳聲的延宕。一再秉持著「學生初始階段飛不出來，是教練的問題。」與其與上級檢視學生學習狀況時，浪費時間投訴，不如把精力集中在盡力把眼前這灘爛泥扶上天。每位學生的停滯期都不同，每位學生自我突破的力量也不同。

　　被輕狂挫挫磨磨的年紀，學生們青春、招搖且喧囂，在這麼荒涼的地方，他們用自己的方法生活得很熱鬧。熱鬧之餘，也不忘記遠在他鄉的初戀，在雪地寫下

她的名字。厚雪無法被複刻，但感情想必很深刻。

每當新一批學生畢業，我身為他們的教練，曾參與他們的培訓，都有很大的成就感，很高興能參與他們學飛過程的其中一段路。

這些大學還沒畢業，還是滿口誓言的孩子，在同齡朋友還只是從書本領略人生，或提早出來社會跌跌碰碰時，他們的職涯已經繪出了明確的方向。整個世界都在歡迎他們，這是何其幸運的事。

來來去去的散場，他們在這裡畢業了，在另一端拉起序幕，進入下一個人生階段。

雛鳥離巢後奔程萬里，獨守窠臼的空虛感很快又被新學生的進度填滿，周而復始，一日又一日。

很少有比我矮的女教練，珍妮是唯一一位。她有一頭金髮和一顆勇敢的心。

凌晨天還沒亮，攝氏負十三度，所有的水氣都瞬間結冰，鼻腔感覺緊緊的。機翼上佈滿了霜，停機坪上不見噴除冰劑的工作人員。我和珍妮兩人臃臃腫腫像兩隻搖擺的企鵝，折返機庫扛出除冰劑，腳踩冰塊和雪，一

邊小心滑倒，一邊盡量走得快點。

珍妮一邊喘氣，一邊說：「現在我們飛的每一個小時，都會讓我們更靠近大飛機一步。」表情無奈但語氣堅強。我們噴完除冰劑，互換一個眼神，就各自起飛。

身體是可以被磨練的。我也是一開始邊噁心邊飛，到之後邊嘴饞邊飛。我一再告誡學生，如果會不舒服，一定要帶嘔吐袋。訓練過程中，在忍不住嘔吐前，一定要告訴我，不要怕不好意思。因為如果吐了，是教練負責清理。曾有一位學生沒帶嘔吐袋，不過他男子漢大丈夫，沒有麻煩我清理機艙，而是在半空中將嘔吐物含在嘴裡，用手摀著十五分鐘，降落後才甩在停機坪上。

身為教練，我當然有責任，也會心痛，不過我那次還是忍不住扶著機身，笑到直不起身。回程路上我知道他不舒服，也知道他很安靜，但並不知道他如此意志堅強。自此之後，我會在耳機包放至少一個嘔吐袋，以備不時之需。

一次同事的耳機壞了，他要飛長途，長時間不戴降噪耳機很傷聽力。我把降噪耳機和耳機包借給他，自己拿了另一個普通公用耳機，帶其他教練的學生飛。出門後，摸著不是自己的耳機包，知道沒有嘔吐袋，機上也沒有。但心想這位學生已經單飛過了，少說也有十幾個小時飛行經驗。此班機只是練習 precautionary landing 正

常爬升降落的機場迴線，沒有太刺激的操作，僥倖地想應該不會有事。

殊不知到空中，學生表示不舒服，但又很倔強地說撐得住，堅持訓練不願返航。我們飛到北邊訓練區，講解 precautionary landing 的程序和步驟，練習時上上下下變換不同高度，時而加滿油門爬升，時而前滑陡降。飛到一半，他忽然把控制權交給我，把耳機拿下，毛衣一脫，安安靜靜地吐在毛衣裡再包起來。他表示舒服一點了，可以繼續，沒有製造太大混亂，小小的駕駛艙充滿了還沒消化的雞肉味。

該吐都吐出來了，也舒服一點了。再次確認他不需要即時返航後，我就把剩下的一小章節講完，講完後他又打開毛衣再吐一次，真是佩服他如此鎮靜處理。其實也不用犧牲這件毛衣，有過塑的地圖可以摺成一個比胃還大的盒子，多吐幾次都可以裝得住。

最高溫是攝氏零度，若再溫暖一點點，此刻的風吹雪就會融化，若再冷一點點，此刻的風吹雪就會這樣積累到明年春夏。

看向遠處，雪模糊了地平線，空洞的荒野充滿了不確定，像極了我的未來，模糊夾帶些許無望，寧願有一些負荷也不想如此飄渺。

　　很熟悉困境的感覺，殆無虛日，卻也日復一日。每一班機都是獨立的，一天下來好像完成了好多事情，又好像甚麼都沒完成，紮實又空虛，只剩天空可以寄情。

　　若然能回顧失敗，知道應在哪個地方著手改善，那距離成功又靠近了一小步。真正讓人沮喪的，是在一個階段停滯不前太久，卡在很長很長的瓶頸，又像是深陷泥沼中。那是一種很無力又深沉的焦慮，日子一天比一天黏稠。

　　主要道路上開了一間拉麵店，掛了幾個紅燈籠，點上燈的紅燈籠，影影綽綽映在雪地上，與整條大街格格不入，卻有異鄉人最嚮往的味道。雪花經過紅燈籠變成橘黃色，一片片緩慢飄落，等落過了燈籠，雪花混著夜色又變回藍灰色。

　　拉麵店飄著輕輕的亞洲旋律。我喜歡坐在窗邊位置，在橘紅燈籠下，幻想置身於亞洲某條古巷。雖然一

推開門還是要步上雪堆至腰際的荒涼主要道路，帶上了一碗拉麵的暖飽，嘴裡呼出白煙，仰望雪落下，天空的深度得以被丈量。

　　鄰居的雪橇犬倒是很開心，跳躍在剛落下軟綿綿的雪上。牠們吠叫、奔跑、打滾、咬雪，裹著滿身雪花，甩一甩又是乾乾淨淨的一身軟毛。這場雪宛若專為牠們而落下。

　　我對學生的教導和分享，以及所能帶他們考到的執照，每位合格的教練都能做到。然而千千萬萬的學生，卻教識我太多學校不曾教授和書上沒有明文的道理。我把知識灌給他們，他們以人生縮影回報給我。有時即使只飛了一班機，但從他們的做事條理中，就能窺探到他們人生的前因後果。教學相長，他們教導我的東西，比我所能給的多上好多。

　　哪一類學生容易帶呢？帶過幾批學生後，觀察歸納出的心得是，抽煙喝酒而且很會玩的學生最容易帶。他們在交際時分享很多資訊，同時探聽不同教練的教學方式，或是各個考官偏好的題目，以及林林總總的注意事項。飛行領域，實踐大於學理，前輩一個經驗分享、稍微提點、給一個方向或提示、一份考試筆記，可以省去很多挑燈夜戰的時間，也可以降低面對突發事件時的不知所措。

相反的，疏於交際而只死背硬記的學生最難帶。這類學生常常將過多的努力用在非重點上面，又過度依賴教練的教學，逐字抄寫筆記，抄筆記時可能錯過下一個重點，下課後又未必有時間複習。

　　技術實踐的操作，最好在進簡報室或進駕駛艙前，熟稔操作程序和步驟，那需要大量的自修時間和與同窗的學術交流。學生有初步概念，再進駕駛艙或模擬機給教練作修改，精修一些技術上的細節，或是進一步加上現實會遇上的意外，令整體操作更加身歷其境。而不用精修的部分，教練可以默不作聲，把思考空間留給學生。

　　這世道有一夜暴富，但絕沒有一夜的出類拔萃。成功最終要靠性格和態度取勝，敗也是敗在一些細微末節上。成長不能逼迫，學習不能強求，苦口婆心只值得留給願意覺醒的人，前提是如果我在連飛六班機後，還有心力去苦口婆心。

　　教練不能全然保護學生不受傷，只能某程度上陪伴他們準備好行裝，提升他們對於困難的受挫力，和解決問題的能力。

我對自己學生的優點和缺點都瞭若指掌，他們的行為模式也有一個譜。和不是自己帶出來的學生飛時，因為他們的不可預測性，而感覺很趣致。同事放假時，經常會把他們的學生交給我。從學生的習慣和手勢，可以看到其教練的影子、習性、技巧，例如師父用暴力做 fight control check，他的學生一定也不會溫柔對待這個步驟，又例如師傅的機艙凌亂，他的學生也不會整齊。若說百年修得同船渡，那我們要修多久才能共坐在一架飛機上？所以即使只會跟這位學生飛一次，我也會認真飛好那班機。

　　相對的，當我讓自己的學生和其他教練飛時，常會有少許不安和些許好奇。好奇在於，有沒有哪些細節是我遺漏的？哪些地方和我教的不一樣？每次學生回來，我都會問他們，是否學到新的東西。而不安的是，一出師門，徒弟就代表師傅。此已超出「教不嚴，師之惰」的層面，而是直接關係到一個教練的專業評價。即便如此，我還是會放一、兩班機給不同教練帶，以避免學生對於自己教練的過度習慣和依賴，也因為學生未來進航空公司後，會接觸到不同的合作夥伴。只要跟著標準程序走，無論和誰飛，都可以合作完成任務。

能不能「cover your ass」，也就是能不能「遮住屁股」。這不甚優雅的幾個字，成為工作和日常生活一再檢視的底線，小至一時貪快不守規則、大至作決策，能不能在僥倖之後，留一點還手之力。例如小至一時貪快闖紅燈過馬路，萬一出事了，自己能否解釋，保險會否理賠，不理賠之下，自己能否承擔醫藥費和暫停工作的損失；或更小至偷懶沒繫安全帶，若然意外發生了，有沒有辦法向未來的自己道歉；又或是簽名放別人的學生出去單飛，可以省時省力簽了就算，還是多點用心，仔細檢查天氣、NOTAM、飛行計劃、甚至學生穿得夠不夠暖。有時寧願遲起飛十分鐘，要求學生回去加件外套，也不想被上級問一句：「學生穿不夠暖，妳怎麼簽他出去飛？」

東方人在意的是「顏面掛不掛得住」，西方人在意的是「能不能遮住屁股」。除了保障自己，還有很多責任，萬一出事了，兜不兜得過去，過不過得了自己這一關，標準沒有很高，就只是能不能遮住屁股而已。

每當學生跑來告知有意外發生時，我總會先問對方有否受傷。有時須要關心的不只是皮肉傷，更重要的是

心靈上的擔驚受怕。先疏理情、再疏理道理。我在初學時也出過意外，遇到意外後不是想著自己有沒有受傷，而是擔心飛機的責任狀況。直到安全官出現，第一句就是問：「妳有受傷嗎？」滿心的不安那瞬間因為一句簡單的問候而得到安慰。所以在當教練之後，常告訴自己，在危急時也要做個穩當溫暖的人。

我常叮囑學生，如果不小心犯錯後，一定要第一時間告訴我，即使一時聯絡不到，也要跟其他教練或是簽派處知會一聲。報備代表有承擔勇氣，很多人犯的第一個過錯，就是隱瞞實情。教練其中一項職責，就是保護學生，不是包庇卸責那種保護，而是遇到難題時，一起面對。學院發生過太多學生被退訓送回國的遺憾故事，壓垮駱駝的最後一根稻草，往往是教練向上級匯報時的用詞。

意外發生後，教練一定會被檢討。教練為了自保，當然盡可能把責任推到學生身上，最可怕的部分，不是就事論事討論意外本身，而是開始研評學生平日的學習狀況。若然教練使用太多否定字眼，例如「學生的警覺性不夠」、「手眼協調能力不佳」、「處事條理不當」，甚至「學習態度欠佳」等，很容易讓上級誤判該位學生不具備飛行員特質，繼而扼殺了一株幼苗。

學生來學院時，大多是一張白紙。飛不出來的學

生，絕大部分都是教練問題。一個合格的教練，一定要保護好學生，以陪伴者角色，陪他們備好日後面對困難時的應變能力。

飛行學院有明確進度表，學生一格一格地爬著刻度，逐個項目完成，爬完就畢業了。大家無須爭先恐後，但現實卻不知為何，總有很多較勁。

學院採自律學習的教學模式，給予願意前進的人很明確的路，也給不介意拖拖拉拉的人很大的空間。用「時間」如此鉅額的成本，篩出良莠，有人飛出來了，也有人自己把自己淘汰了。

教練是不能揠苗助長的農耕者，只能這裡澆一點水，那裡施一點肥，然後在旁邊靜靜觀察，看誰願意長大，就再給他澆更多水、施更多肥。

本地自訓學生的進度落差尤為明顯，落差可以是相隔一整張執照，相距「一位已經找到工作」和「一位已經放棄」之遠。

而亞洲培訓學生，就各個都爭著長大。有些人因非自身因素而落後了，或是與自己的教練合不來，非常無助。在性格上，與教練實在合不來的，我們也會鼓勵學生，勇敢向學院提出更換教練的請求。學習是學生的責任，也是學生的權利。出國培訓本身已不是易事，千萬別往肩上添加壓力，只要最後大家都飛出來，過程中的誰先誰後不用太在意。只要最後都能開花結果，每人都應該以自己的花期為傲。

突如其來的風雪實在太大，而且到明天都不會有好轉跡象，取消了所有排班，下午去咖啡店準備升級考核的資料。離開學院前，一批人聚集在簽派處，聊天、發呆、磨時間、等不可能天晴的天空放晴。

　　學院附近的咖啡店很隱蔽，是一個雨潺雲愁時的寧靜藏身之處，為筆試、升級試、面試和技術考試做準備。天空更暗了，大雪輕輕翩翩躚躚，一個下午過去了，彙整資料，統整考題和筆記，搜尋相關文件，演練了一遍又一遍升級考核程序，比預期進度超前很多。回到簽派處，同一批人還在原地，聊天、發呆、磨時間、等不可能天晴的天空放晴。眼前多數都是閒蕩的人，而真正在孵化的，都是埋頭默默醞釀的人，怎會隨路晃蕩被人看見？

　　每天都被一班機接著一班機，以及兩班機中間的準備工作推著走，把日子化成一個又一個緋色的西邊落下，落成一暮色換一朝陽的輪替。容我們以韶華時歲為籌，借幾個朝暮，堆疊了幾個月出來，形成另一個麻痺的、並不舒適的舒適圈。又更像是一個溫床，溫著有時略帶曙光、有時希望渺茫的日子。給賽門和自己一年半

後就回香港的承諾，時間把期限壓至眼前，累積了一些小時數，投出去的履歷大部分都有回音，但輪廓不清晰。深知若這樣回亞洲，這段時間拿到的資格和飛行時數，近似於枉然。

雖然一直相信沒有白走的路，也不應該把結果以成敗來一分為二，但如果沒有航空公司錄取，那麼這一整季的嚴冬，也只是謬妄和荒蕪。

一是進入航空公司，一是心甘情願回到地面，兩極化的選項。而我似乎沒有太多選擇資格，沒有折衷，也沒有太大的妥協空間，帶著巨大的心理壓力，不斷嘗試投遞履歷，繼續整理筆記，繼續把每一天過得穩當，繼續把自己準備完善。

看不到進度的徬徨，日復一日盡了全力，卻還是充斥不確定性。內心時而堅定，時而搖曳。在天氣惡劣不能飛的日子，那空洞大大敞開，如同黑洞一般無盡無底。

一再提醒自己要沉穩，不可以躁進。這是非常私密的自我練習，實在不想讓任何人看見這般掙扎矛盾。不能讓上司知曉、不想與教練同事透露負能量、更不能讓

學生察覺。

　　風把雪吹得太亂也太碎。清楚知道哪裡是十字路口、哪裡是分叉路、哪裡是死胡同，而這每一條都是單行道，可以快走、可以逗留、但無法回頭。帶著所剩無幾的信心，和微乎其微的希望，不停嘗試。

　　若然連自己的初心都無法負責，那對其它事情也很難承擔。很多夜晚，眼淚掛在月牙灣的那端。不上鎖的門，不代表會被打開。所以選擇繼續一直走，繼續一直走，只求醒的時候可以踏實，睡的時候可以安穩。

　　既然已經在路上，接下來都是時日的累積。期許今晚進門的自己，能比今早出門的自己，多了一點點甚麼而已。抑或是在風雪中，至少能窺探到一點點可能成功的雛形。依約歸去的日子漸漸逼近，早就該有兩手空空、撒手還鄉的心理準備，但這次卻毫無勇氣面對這種聽起來一無所有的撤退。

　　一想到撤退的輪廓和後果，心就狠狠地絞痛著。如果只能念著過去，才能憶著飛行的美好，以及要面對沒有飛機的未來，試問曾深深刻在心裡的，要如何若無其事輕輕地抹煞掉？

學生只要守著本份照表抄課，就不會太離譜。然而畢業後，沒有人逼我們成長。那沒有譜的自由，有時候成了最沉重的枷鎖。尤其面對成長中的脆弱，有時候嘶吼得再大聲也沒有人聽見，即使被聽見了，也未必懂得安慰。我們慢慢學會收起脆弱，帶著瘦骨嶙峋的意志，沒著沒落地亂想，沒理沒路地漫飛，窒息在咽喉的不安，填滿每一個月窟。

但真正的成長，是與脆弱共存，與脆弱平起平坐，才不會被它壓垮，正視它，才不會讓它過度泛濫。有時候哭得最大聲，才是最接近離場的最終篇章。

即使是被製造作飛行用途的飛機，都要鯨吞燃油，灌下機油，被反覆檢視試驗，在跑道上用盡全力衝刺，才能飛向天際。那何況是原本不屬於天空的人類，奢望飛上天空。每位飛行員，背後都是千錘百鍊。

咖啡店內乾燥溫暖的暖氣，把客人帶進來的雪泥融了一地。幾位街友剛嗑完藥，雪花卡在他們蒼蒼長長的頭髮和鬍子上，他們各買了杯咖啡，當是避寒入場券。街友們各自為陣，把家當散在桌椅上，眼神渙散地把玩手中的零錢。過了幾小時，他們陸續踏出咖啡店，每次打開門，風雪都灌進室內，不知道他們要在這麼大的雪中步向何方？然而他們並沒有要步向何方，走幾步路

後，又把身上家當卸在人行道旁的雪堆上，往雪地上一坐，一坐就坐了好久。

　　已經數不清這是冬季第幾個冷鋒壓境，大雪在清晨撕扯，狂風撕心裂肺地嘶吼，蹂躪死灰色的境外。全世界都被深埋，埋著毫無生機的嚴寒和那些看不見形狀的日子，也或許，天根本就不會亮吧。

　　如果學生要取消班機，得冒著風雪徒步走去簽派處親自取消，而教練取消班機只須要打一通電話，但此時我連這通電話都不想打。半睡半醒窩在床上，這樣令人窒息的瓶頸不會維持太久，再過一個多月，就到了約定回亞洲的日子。之前投出去的履歷有回覆但之後都沒下文，大多都只是等待。

　　那是比冬季憂鬱還消極的低潮，心想不如傳訊息給學生，讓他冒著風雪去簽派處取消班機吧！我實在不想提著開朗聲線，在電話中和簽派處早班工作人員寒暄問候，再說明班機的取消原因，我實在不想講話。

　　拿過電話準備傳訊息給學生，螢幕竟捎來一封電子郵件，標題以航空公司名稱開頭，內容是面試邀請，和往返香港的機票安排。頓時整個人都醒了，又像是在作

夢，瞇著眼睛看個仔細，後頸酸軟，手指顫抖，忘了有沒有記得呼吸，窗外依然昏灰，但我的世界一整個瞬間發光發亮。

　　我馬上撥打電話到簽派處，按耐著不能更明朗的聲線，請工作人員幫我把今天所有排班取消，天氣實在太差了！再傳訊息給學生，說已經把班機取消了，讓他繼續睡。然後再把剛才那封面試邀請拿出來反覆閱讀，確定這道光是真的。

　　甚至不敢奢望的機會，盼了又盼，平日已做足萬全準備，當機遇乍現時，還是覺得太突如其來，像是一聲嗆啷。尤其發生在一個準備睡回籠覺、一天也不會有甚麼建樹的冷鋒凌晨。沒想到今天天色會漸亮。

　　冷鋒還在上空，甚至更凶狠。但我還是出門，把一直放在顯眼處的面試資料和筆記帶去咖啡店再彙整一次，發現沒甚麼需要再補上，因為早在好久好久以前便已準備齊全。唯一要更新的，是累積的小時數和拿到的執照資格。每飛一班機就如同一筆紋身，永不能抹滅地紋在黑色皮質飛行紀錄本上。每一份執照資格，則把那些自我鞭策的時光刻畫得更清楚，每一則資歷背後的故事，都成為面試中被拷問時最有力的後盾，現在最重要的是如何把這些故事重點脈絡講得更清楚，把自己疏理得更通透。完整履歷後，心頭帶有一份穩當。就是需要

這份穩當，一直持續到一個月後的甄選結束。

　　準備面試期間，雪一直下。難得無雲時，只會是風憤然把雲捲去，同時捲去每一架飛機起飛的機會。留給教練的，是沒日沒夜的碰杯和哀嘆，哀嘆在這麼差的世道，全是天候的錯。

　　我完全明白那樣的哀嘆，前幾天我也是如此，甚至更糟。只是此刻，一個面試通知像一道光，聚在心上，所以才得以在淒悲凌厲又晦澀的大冬季，還能春風滿面。不是因為太自信樂觀，沒想到此次失敗的後果，而是在逃避，完全不敢想，就算這等輕盈倒頭來只是假象，將來或者會摔得更慘。即便如此，還是要抓住這僅有的一線希望，陪我熬過大寒一月天。

　　如果有人經過凌晨的 Athlone Avenue，望向巷內可以看到公園旁有一個房間亮著燈，好天氣時是我正準備出門工作，壞天氣時是我在準備考試或面試。然而很少人會看得到，凌晨時分大多數人都還在呼呼大睡。

　　又是一個雪虐風饕的早晨，下午預報停班停課，商店也提早關門。朔風冽冽掀開雪堆，捲至半空散成碎瓊亂玉。帶著書和電腦坐在咖啡店角落，桌上攤開背誦到爛熟於心的噴射機筆記。飛行理論就像真理，變化不大，即使一段時間沒有重溫，也不至於太生疏。畢竟愈難被記住的，一旦記住了，便愈難忘記。

唯一不同的是，整理履歷時，要添上好幾筆新的資歷。那是窗外世界再怎麼風驟雪亂都抹不去的資歷，也是日後面對不同航空公司的面試時，不怕被質疑的底氣。

大雪給我很多完整的時間，重複演練人資部的考題、反覆推演面試官有可能深挖的問題、演示模擬機的情境和程序、鍛鍊手眼協調和實行指令、背誦所飛過的所有飛機數據、把民用航空的技術和理論筆試背得滾瓜爛熟、整理公司機種資料和噴射機系統、人力資源分配的情境題、把自身經歷以條列式一再覆述、描述曾經的失敗、將性格優點無限放大同時說明如何補足缺點、三至五年後的生涯規劃、如何抗壓和舒壓、說服公司為何要雇用我而非其他人、領導與被領導的能力和經驗、團體互動合作的技巧和細節等。

字裡行間要堅毅卻不固執，過程中要堅持卻不可忽略現實，為人要熱情又中庸，遇上意外還要淡定和邏輯思路清晰，被考官質疑時，就算沒有答案也不能啞口無言。逐步把自己剝成碎片，再重建完整，當中有一份循序漸進且前所未有的沉穩與實在。此時雪已經下至另一個村落。

時間很快來到面試當天，淡定穩健地走進面試辦公室。然而這份淡定穩健，在與其他候選人閒聊後，得知他們背景時，瞬間動搖了一下。有來自法國的機長、來自南非的空軍、來自澳洲的花式飛行員、來自墨西哥的

警隊偵察機飛行員、來自紐西蘭的救難機隊員。與他們不能不閒聊，因為一進辦公室，其實面試就已經開始，與初次見面之人的應對進退都會被觀察。

是的，在不應該動搖的時候動搖了一下，想著會不會準備得這麼完善，到頭來還是一隻搖搖擺擺的醜小鴨，那些甚麼「要相信自己是最棒的！」這種毫無說服力的自我安慰，起不了任何安定作用。此時想到媽咪說的：「面試前，去洗手間深呼吸，照照鏡子。」於是我離開眾人，起身轉進洗手間。隨著深呼吸，廁所芳香劑吸入鼻腔，進入腦門。突如其來的嗅覺刺激，竟神奇地放鬆了緊繃的神經。

以往的航空公司甄選，我總是努力包裝自己，把優點放大，盡量掩飾缺點。這次面試除了資歷增加，心態也更坦然，願意赤誠地把自己帶到面試官前面，坦蕩正視那些曾經的不足。

面試官會一而再、再而三地深挖，總可以挖掘到一些難堪。我都秉著一份坦白，把那些曾經難以啟齒的不順遂好好講完，承認當時的情緒。既然您問了，我就大

方邀請您一起欣賞當時的懊喪，事後補救的方法，及繼續前進不放棄的篤定。帶著對自己的認同，認同每一個曾經做過的決定。

無論準備多充足，到最後總會撞上面試官設下的最後一道牆，他們要看候選人在面對沒有答案時的反應，是驚慌失措亂了陣腳、啞口無言失了方寸，還是冷靜沉著尋找答案。通常當下是找不到答案的，那就是考思路清晰和臨場反應的時候，思路實在堵住了，就看是否冷靜，如何交代自己沒有答案。在全然誠實的情形下，發現好像沒有甚麼問題會令人難堪。

人資部對於「優點」、「專長」這些正向事情興趣不大，他們應該聽慣了吹噓和膨脹。他們想知道的是：前來面試的人對飛行有多大的熱情。當我訴說一則又一則在空中與教學的故事時，感覺每一個早已畢業的學生，此時都在陪著我，令人有無比強大的力量。說著自己的教學經驗，那種渲染力甚至讓我暫時忘記這是航空公司的甄選。整個過程，對自己沒有一分愧疚，呈現了最原本的樣子。

接踵而來的是模擬機評核、體檢報告和藥檢報告、視力檢測、身家背景調查、英文水平測試。在香港只停留三天，時差還沒調過來，又回到蒙克頓。大雪似乎沒有停過，這場雪一定會翩然下進今晚夢裡。

著陸，再出發

冰不會收，電還在落，如同乒乓球大的冰雹，把原本的平滑雪地，打出一個個小洞，坑坑疤疤。

　　商用駕駛執照，每年要體檢一次。健康從來都不是必然的，有時候甚至是突然失去，有時候是慢慢被奪走。

　　一位來自日本的同事，剛剛畢業拿到教練資格，身強體壯沒甚麼病痛。有一天晚上有點小感冒，隔天早上醒來左邊臉顏面神經失調，一夕之間失去體檢資格，在病床上一躺就是大半年。

　　一個濃膩黑雲壓頂的午後，和一位前輩女教練坐在教練休息室聊天。聊著這些年通用航空的變化，聊著她有多麼喜歡學生，聊著她很想念女兒。她擰開大罐家庭裝的花生醬塑膠罐蓋，狠狠地挖一大勺花生醬慢慢吃，說這是優質的油份來源，提供她下一班機的能量。後來這位前輩女教練請了很長病假，她的置物櫃沒有上鎖，一直半掩。置物櫃留下一張紙條，寫著「Don't even think about touching it, I'll be back!」教練休息室很缺置物櫃，所以她告訴大家想都別想霸佔她的置物櫃，她會回來！那是多麼堅強的康復信念和生命力，然而她一直沒有回來，置物櫃還放著那罐花生醬。

上望天空，高氣壓之下，沒有任何懸浮微粒。直視著日頭的宇宙，如此清澈，如此虛焦。

　　學生做完飛前機身檢查後忘了關電源，如同汽車熄火後繼續用電，乾燒電池一般，須要接駁外接電源或是另一輛汽車來協助發動，飛機的設計也是如此。

　　走近飛機，聽到陀螺儀在負十九度的低溫下嗡嗡轉動著，像泣訴也像哀鳴。我不禁大驚，在這麼冷的時節，每一次成功發動，都已經十分難得。再看看飛機呼號，這架飛機電池出名疲弱，維修部曾拯救幾次無果。飛機紀錄本上記載了數次電池的大大小小問題，我當下幾乎非常確定引擎是發動不了。

　　但我還是不動聲色，抱持一點點希望，和學生爬上飛機。就算真的發動不了引擎，也不惜用一些時間讓學生記取粗心忘記關電源的教訓。

　　在和外面一樣寒冷的座艙罩裡，用比室外溫度更低的語氣，講述一次忘記關電源可能造成的後果。即使帶著「這班機一定飛不了」的煩躁不安，也盡量不顯露任何脾氣。

我們嘗試發動飛機，電池安培數指針無力地指向低電流的紅色區間，顯然電池已經耗盡。發動時，螺旋槳轉了又停下，連試三次都發動不了引擎。只好用所剩不多的電力，透過無線電向簽派處求救，喚來外接電源協助發動引擎。

　　同事從室內穿戴好趕出來，戴著厚實手套推出外接電力的手推車箱，把鮮黃色的電源插上機身，安培電流的指針緩緩上升但又不穩地跳動。我讓學生跟著檢查單的步驟，收拾他因粗心而製造出來的爛攤子。

　　扭上鑰匙，引擎敷衍幾聲，螺旋槳依然無力，曲軸扭力明顯下降。試了幾次發動無望，我向外接電力的同事打了個沒得救的手勢。同事離去後，我和學生唯有手推飛機去維修部認罪。

　　這架飛機本身電池就弱，但我還是要學生明白自己行為造成的後果，並大家一起承擔。其實如果是性能好一點的電池，外接電源一接上來，基本上都可以發動。只是剛好遇到性能弱的電池，也剛好能給學生深刻的教訓。和維修人員解釋前因後果，飛機電池需要充電，無法在短時間內復原。這麼好的天氣，再次抬頭直視日頭宇宙。如此清澈，如此虛焦。

凌晨坐進機艙，空氣冷到不容許水氣存在，似乎也不容許呼吸有水氣，一有水氣即凝結，凝結成三五個玲瓏冰晶，黏貼在座艙罩。小冰晶的稜角立體且鋒利，稜角旁是冰刺，冰刺上展了毛邊，毛邊薄透著日出的淡橙色。

　　漫天細雪，像糖霜一樣均勻地灑遍停機坪。仰臉，讓細霜細粉撲上眉心和眼角，感受那一瞬間微刺，然後融化成小水珠，用手套抹去，遠看似是抹淚。讓雪花落上鼻頭，只要寒冬沒有風，甚麼話都好說。

　　只有雲杉和雪松常年保有黯綠色，不顧四季又不解風情的固執。即便被大雪覆蓋，依然保持毫無脾氣的千歲綠。學生撿起腳邊最大的雪堆，砸向彼此，或是默默走到對方身邊，把雪球狠狠塞進同伴背後的外套裡，又或悄悄放在對方口袋。他們彷彿可以就這樣笑鬧一生，不必認真。不過天亮之後，他們還是得回去紮紮實實地把進度飛完。

　　有些在天邊過境蒙克頓空域的校友，會把無線電調成訓練區頻道，聽聽有沒有熟悉的教練或前同事的聲

音，即使不出聲打招呼閒聊兩句，也會聽聽一眾飛行員學生，時而信心滿滿、時而怯怯懦懦的飛行位置報告。

飛行學校的人流，如同天上的行雲。

學生照表操課完成班機，有些教練再三拖拉，不推薦學生進行考試。我不喜歡加額外班機，我喜歡在飛行考核前最少兩班機就把他們備好，帶上考試之上的水準，讓他們有信心通過國家考試。通常在結束後，我才會告訴對方「這是我們一起飛的最後一班機」，且暗自期望有一天能乘坐學生駕駛的班機。

學生流動得快，過幾個月就拿到執照，轉換身分。教練也流動得快，過幾年就教不同的機型，攢到一定的飛行時數後，就紛紛進航空公司了。從學院畢業後，會繞著世界飛，只是無論在多遠的雲霄之外，學院上方這片天空，一定會有一兩件值得回首的故事。

翻開飛行紀錄本，一頁頁的皺摺，一張張考核過關的認證，都是飛機飛過的日子。不只是盼著考進航空公司的心願，更珍貴的是結了滿天下桃李，還有一大群遍佈世界各地的同路人。

空氣瀰漫著香脂冷杉的精油味，從沒想過肩膀會背上第四條槓，考上二級教練的資格。飛行教練是磨身、磨人、磨耐心的粗活。這段時間，我教給學生的只有進入航空領域的皮毛，在每間飛行學院都學得到；而我從他們每個人身上所學到的人生道理和處事態度，是沒有任何一所學校能教的。態度影響成效，這道理在學飛進度上，被放得無限大。

　　他們所教我的，比我能教他們的，多太多了。我常常告訴他們：「I'm not here to instruct, I'm just experience sharing.」我只是比他們早學、早知道而已。

　　座艙罩爬滿半透明針刺狀的鱗片，機尾覆著一夜孤霜。以月光為鄰，準備升級考試。筆試和飛行考試都要背誦很多理論和法規，然而除了記誦，更多時間是反省這段教學，有否盡到傳道、授業、解惑的職責，操作和流程是否精準，理論是否融會貫通，這種 monkey see monkey do 的技能訓練，是否以身作則。

　　雪覆蓋冰，冰凝滯整片荒原。過去每段回憶，包括那些把我氣到無言的、那些在起降時想同歸於盡的、那些硬搶操縱桿不肯放手的、那些慌的吐的尿急的、要不極度自我膨脹要不過度自卑的、當然還有那些貼心優秀絕頂聰明手眼協調的，都造就今天的經驗累積。現在學生負學生的責任，教練負教練的責任，大家一起向前進。

未來學生一個個回國，都是背負百人生命或是百斤貨物的民航機師。肩上第四條槓，是每位我帶過的學生陪我一起拿到的！

上級的再上一級把我叫進辦公室，又是哪個學生出問題找麻煩了？每次進飛行安全標準辦公室都讓人格外忐忑。白色頭髮黑色眉毛的 Graham，從資料夾調出我的教學紀錄，語帶興奮地說：「妳的推考率是 100%，也就是妳訓練出來的學生沒有不通過執照考試的，學院目前沒有人有這個紀錄。」

他說的每一個字都帶著笑，又說：「妳今天下午有學生要考商業執照對吧？讓我們來看看這個紀錄可不可以一直保持。」還沒有完全意會這是甚麼意思之前，Graham 接著說：「現在妳的肩上已經有四條槓了，總教官想請妳作導航的考官，總教官並不是每個人都會聘請的，請妳回去好好想一想再給我們答覆。」

走出辦公室，有一種腳無法踩到地板的感覺，從未留意過「推考率」，也從來不覺得這是一個評判教練的標準。但這份肯定，尤其是從一位德高望重的高層口中說出來，特別撼動，比自己通過所有考試還開心。

我在一開學時，會半開玩笑半恐嚇學生，誰要是考試沒通過，誰就幫我洗車！而車子就這樣一直開開心心地髒著。我的每一位學生都很爭氣，是他們的優秀成就

出這份紀錄。雖然這個紀錄在當天下午隨即被打破，考完試的學生語帶抱歉解釋部分考試沒通過的原因。不過我一點都不介意，只要是我簽名推薦出去考試的，都對他們有絕對信心。這次不通過，下次通過就可以。關關難過關關過，一路上總有一兩個坎兒要過。

"When you have once tasted flight, you will forever walk the earth with your eyes turned skyward, for there you have been, and there you will always long to return."

李奧納多・達文西在 15 世紀，用最平實的文字，為飛行視野下了最美的註解。

上級分配給我愈來愈多學生，也由於資歷增加，被分配到的大多數是需要「特別有耐心」和「特別需要照顧」的本地生，以及從其他教練轉過來進度格外落後的學生，上級叮囑務必利用假期幫他們把進度追上。

理想情況是學生每天都摸得到飛機，因為一段時間沒有飛，很容易失去手感，生疏之後需要額外時間補救。然而在學生過多的情況下，讓每位學生每天都能飛，是

有一定難度。

　　就算有心，也不一定有餘力；就算有餘力，也未必夠飛機；即使有飛機，也未必夠幸運。成就一班機，需要很多眷顧和機運。

　　師徒制可愛的地方，在於若願意用心學習，上一代傳授下來的大觀念和小習慣，可以根深蒂固在學生的工作或為人處事上，有幸的話，更會去蕪存菁再傳給下一代。

　　在學生身上，可以清楚看到自己的影子，他們總會有樣學樣。常常在我想抄捷徑時，內心即時當頭棒喝，提醒自己以身作則的重要。

　　例如，我一上機就「先掃視檢查設定狀況」，喊完「clear prop!」才抄捷徑上電源、開導航燈、開油泵、開空氣閥、打火，縮短發動引擎的時間，盡快把冷氣或暖氣打開。這樣的動作做久了，學生開始依樣畫葫蘆，順序是做對了，但是程序做錯了，他們會略過最前面也是最重要的「先掃視檢查設定狀況」，省略多個步驟，直接

跳到發動引擎那一步，這是非常危險的。

師傅是除了血緣關係之外，真心希望下一代能飛得更高更遠的人。和學生同在一班機上，我們可以一起邁步跨進雪中，或是一起避開暴風，並肩飛向天地浩大、一起飛過天光漫漫、一起披星載月。即使無數次差點被學生給殺了，但我們最後都一起成長了。

為師者，也是除了家人外，唯一會為學生通過各個關卡而由衷自豪的人，期許他們有更高遠的成就。每當學生通過任何大小飛行試或筆試，甚至只是小小的階段性考核，我都滿是欣慰。

雪覆蓋不了尖突起的屋頂，在屋簷邊兜著，在霧紗後蒼蒼茫茫地泛成了白色，映著黃日微茶色的餘光，像是一大張泛黃的黑白照，黑白照的邊界被遠處的河流裁掉。

雪鋪在結冰的湖面上，冰上杵著許多雪屋，人們鑿了幾個冰洞，不用魚鉤也不用魚餌，肥美的魚便會跳上來然後立即結凍。日落前，夕陽拉長雪屋的影子，當地孩子將冰鮮魚撿回家，那是一整季的豐收。

飛至海域上方，底下的海水撼動浮在海面的冰殼，冰殼佈滿冰裂紋。

航空將世界的距離縮短了，讓我們可以認識更多遠

方的人。人與人的接觸變得容易，但時間卻變少。似雲煙邂逅，如萍水相逢，珍惜每一次短暫但真誠的相遇。

　　可能因為短暫，可能因為知道即使不合拍，也很容易轉身離開，下一次遇見也不知道會是何時，所以才能更真心投入每一次遇見，然後珍視每次重逢。

　　人來人往，聚散有時。飛機拉近城市與城市的距離。飛行員從不說再見，而是「下次見」。在同一片天空下，以天涯為期。

　　很高的冰雲，每個螺旋槳打下去的重低音，重低音遠去了我們的青澀。

　　遼闊的沖積平原，淤泥軟了一個季節，又凝了一個季節。

　　春不暖花不開的新布倫瑞克省（New Brunswick），溫差在攝氏正負五度徘徊，楓樹汁液一點一滴滴入蒐集桶，加熱讓水分蒸發後，成了琥珀色香甜濃稠的楓糖漿。那是初春楓葉尚未冒芽前，大地送給人類熬過嚴冬後，最甜的禮物。

凌晨打開電子郵件，收到航空公司錄取通知，那是多年的生日願望、是每一次看到流星靜靜許的願、是大大小小據說靈驗時的虔誠祈求、是每天的夢寐以求、是每一個夜晚都壓在心上的。而真正發生時，是安靜的。我坐在床沿，窗外是晚了的晨光，腦中只浮現兩個字：「終於」。

　　這樣的「終於」，是積累了許多的日復一日，直到有一天暮然回首，所有大大小小的不確定都具象化了，忽然明白堅持的意義。

　　起床把辭職信備好，心中滿是感激。前往學院的路上，心中浮現一句話：「最感動的不是完成了，而是終於鼓起勇氣開始。」回家的路是如此清晰。

　　到了學院開始工作前，上級看到我手中拿著辭職信，我還沒開口，他就把髮際線、鼻尖、下顎都笑好了。那是從人中裂出的好幾道笑容，笑容掛在耳垂上。每次學院有人被航空公司錄取，這位學院的大家長都會掛上這樣祝福滿滿的笑容。

幫我寫推薦信的上級比誰都興奮，轉身就像是家有喜事般逢人報喜。消息很快傳到學生耳中。他們詢問可不可以帶他們考完執照再離開時，我的心情是滿滿不捨。

　　春天是雪和雨交替掌管大地的季節。

　　引擎聲在耳畔，從天光作響到天暗，繼續每天排班，可以排更多班機就一班都不會少。中途換教練，對學生的金錢和時間成本都很高，他們的心理負擔會很大，所以至少把他們帶到某一個階段，大家都會比較心安。

　　有一位學生令我非常惋惜，因為我同時有太多即將放考試、即將放單飛、幫其他學生考核的優先班機要飛，總是排不到他。我常常跟他說抱歉，並承諾在把手邊的進度完成後，一定會盡全力彌補他的部分，同時要他隨時待命，一有任何安排上的更動，一定優先安排他上飛機。他十分配合，總是守在周圍。我一有空檔或有班機取消，就臨時通知他，他都能在最短時間把飛前事項準備齊全。

　　然而，有很多控制範圍之外的大小意外，總是發生在他身上，例如拿到手的飛機，被考試而有優先權的班機搶走、剛啟動就發生機械故障、準備起飛無線電卻無預警出問題等，一再重複取消班機，一再被耽擱。看得出他的無奈，但他總是笑著說沒有關係。

在排班無暇顧及他的情形下，甚至將他託付給其他教練帶飛，那是我極不願也不樂見的情況。除非不得已，否則我絕不放心將學生培訓初始階段的任何一班機交付給其他教練。只是即使如此，他還是被其他教練忽略了，沒有被排班。

我和他都為進度感到焦心，但我不為他擔心。他有著成熟的處事態度，即使現階段沒有運氣，但這些不順遂早晚都會過去。他能控制的，是隨時把自己準備好，是隨時在周圍待命，是每一次幸運飛上去時，把那一班機做得紮實，他總是守著本份。

秉著這樣的資質，再多的坎、再大的困難，都可以跨得過去。

在教學路上，這學生成了一個小小的遺憾，始終沒有把他照顧好，尚未把他帶至執照考核階段，我就離開學院了。他給我的體悟，比我交給他的飛行知識和技術，份量多太多了。

雪應該比雨幸福，亮白的顏色，不像雨那般陰灰沉

黯。沒風的時候，落雪時其實是溫暖，雨反而是淒清。雪乾燥，雨濕答答。雨一觸碰到物體就碎了，雪則可以保持精靈形狀，直到被壓實或散碎為止。然而秋末第一場雪總是令人憂鬱，初春第一場雨卻帶給人希望，半融化的雪，泥成了一地髒髒的青鈍色，代表溫度到達零度以上，有些本地人已經迫不及待換上短袖了。

在朝陽暖意拂過時，大地封上一層薄紗絲絨，暖著每頂屋簷，在週末清晨蓋上一席薄被，在半夢半醒間，選擇繼續淺眠。

要成為一位飛行教練不難，要成為一位優秀的飛行教練則不簡單，要成為一位保有熱情的飛行教練則是比登天還難，要成為一位將熱情傳遞給學生的飛行教練，那幾乎是癡心妄想。

教練在工作期間會相訴失落，雖然大部分教練對教學都很有熱誠。這份熱誠的火苗兒有時燒得很旺，但更多時候會被自身的前途未卜所澆熄。我們常在教練休息室的落地玻璃後面，發洩對天氣和自身困境的不滿，咆哮著說若然有任何離開的機會，一定會第一時間瀟灑解脫。

現在離開的大門敞開了，才發現這個錢少、事多、離家半個地球遠的工作，竟也有令人眷戀的地方。令人

眷戀的，不是工作、不是環境、不是光環，是人，以及陪著學生把一張張執照拿到手的成就感。

教練的權力，可以大到把學生停飛，斷送他的前程，使他一生與飛行無緣。有考官資格的教練，甚至可以用任何理由把學生當掉，贏來肅然生敬的眼神，和威風凜凜的名聲。

然而我相信教練的職責是陪伴，是分享經驗，絕無資格施予由上對下的苛責。考官的職責是審核，是評估，沒有必要為了自身威信，去為難一個人的學習過程。

秉持「嚴以律己，寬以待人」，在專業之上對自己的標準提高再提高，做人處事的身段放低再放低，沒有任何人能毫髮無傷地成長。對初學者而言，駕駛艙並非熟悉的環境，半空中也不是每個人都感到舒適的地方。教練以同行者角色陪伴，以耐心和同理心陪學生走一段路，陪他們飛每一班機，陪他們達到考執照的標準。排放出去的機械廢氣已經夠多了，駕駛艙裡面何需更多的戾氣？更何況，偌大天空下，我們哪一個人不是初學者？

擔當飛行教練是很好的修行，可能是在視野拉高、視角拉闊的半空中，會無形地磨去許多稜角，注入更溫厚的力量。願意飛向天空的人，都有更遠行的渴望。

教練辦公室門口貼了一句話：「When you can be anything in this world , be kind.」

大地鋪上春雪覆蓋了冬雪，一片白皚皚，遠離了所有市井的荼毒。機腹下剛好是結冰河流的蜿蜒處，河流蜿蜒處旁邊是風力發電廠，風力發電廠再過去是紅蔻丹色的彩霞，彩霞之後是斜陽漸矮。隨著一班機又一班機，飛到離職前的最後一班機。黃昏安排了不太須要教課的班機，因為想用雙眼好好走一遍這幾座陌生又熟悉的城市。飛低一點，再飛低一點，好像只要飛得夠低，就能把這塵世繁花再看清楚一點。

　　小屋小房上還有薄霜，湖上還有薄冰，再過幾個月吧，從煙囪冒出來的幾縷裊裊炊煙都會被捻熄。日復日的教飛日子，此刻只想靜下來，細品這難能可貴的安穩，凝視腳下這個再熟悉不過的城市。初春樹梢上最先抽出的嫩芽，和秋末樹梢上最後幾片還沒掉落的枯葉，都被命了名。

　　今年等不到大地更換顏色，明天就要離開了。此時眼下這片銀白帶點灰金，凝成這幾座城市的印象，這班機捨不得飛完。

　　完成工作離開機庫門口前，望一眼螢光橘色的化學

除冰液，反芻那無數個凌晨和深夜，穿著厚重羽絨衣和雪褲雪靴，像一隻搖搖擺擺的笨拙企鵝，在體感溫度負二十五度以下的冰雪上，頂著寒風、提著除冰液噴灑機翼上的霜雪，上機後有時沒有暖氣，只能搓著冰凍的手腳暗自發脾氣。那些日子，很恐懼，也很踏實。

黃昏的機庫沒有人，是一個剛好的空間，讓我獨自把那些嚴寒日子，炙熱地再記得更深刻一點。

誰不想要在哪裡跌倒，就在哪裡躺下的任性。但沒這本錢就只能乖乖向前，離開舒適圈需要勇氣，所以不用離開舒適圈，而是把舒適圈擴得更大。

盡責加上幸運，學會對自己誠實，以不能更好的方式離開蒙克頓，得到一枚學院榮譽章。

回到香港，我鮮少向朋友或家人分享這段時間的細節和感受，不想不負責地催促他人犧牲一切，出發去完成自己的理想。即使我的內心一直都這麼深信。

願我們能一邊長大，一邊完成曾經應許自己要做到的事情。

每個人都有自己的地圖和時間表，敬這個世界，花期不一。

文字沉重，但經時間沉澱，輕盈多了。回到亞洲，坐進熟悉的港式茶餐廳點了蛋牛治和凍奶茶，靜靜品嚐這熟悉味道。

進入航空公司前，賽門送我一個黑色飛行箱，是我一直想要的款式。這個堅實強壯的飛行箱會陪伴我穿梭在各大國際機場的航廈。當然，那個討厭的菜籃車還在，只是看起來沒有那麼討厭了。

天空給我的飛行里數

作　　者：Ting Ting Lo
責任編輯：梁穎琳
封面設計：LoSau
法律顧問：陳煦堂 律師

出　　版：初文出版社有限公司
　　　　　電郵：manuscriptpublish@gmail.com

印　　刷：陽光印刷製本廠

發　　行：香港聯合書刊物流有限公司
　　　　　香港新界荃灣德士古道 220-248 號
　　　　　荃灣工業中心 16 樓
　　　　　電話 (852) 2150-2100 傳真 (852) 2407-3062

臺灣總經銷：貿騰發賣股份有限公司
　　　　　電話：886-2-82275988 傳真：886-2-82275989
　　　　　網址：www.namode.com

新加坡總經銷：新文潮出版社私人有限公司
　　　　　地址：71 Geylang Lorong 23, WPS618 (Level 6), Singapore 388386
　　　　　電話：(+65) 8896 1946 電郵：contact@trendlitstore.com

版　　次：2023 年 4 月初版二刷
國際書號：978-988-76023-5-4
定　　價：港幣 88 元　新臺幣 270 元

Published and printed in Hong Kong